H. G. Wells

LA GUERRA DE LOS MUNDOS

H. G. Wells

LA GUERRA DE LOS MUNDOS

Ilustración de tapa:
Martín Morón

LA GUERRA DE LOS MUNDOS
es editado por
EDICIONES LEA S.A.
Av. Dorrego 330 C1414CJQ
Ciudad de Buenos Aires, Argentina.
E–mail: info@edicioneslea.com
Web: www.edicioneslea.com

ISBN 978-987-718-353-5
Primera edición. Impreso en Argentina.
Junio de 2016. Arcángel Maggio–División Libros..

Wells, H.G.
    La guerra de los mundos / H.G. Wells. - 1a ed . - Ciudad Autónoma de
Buenos Aires : Ediciones Lea, 2016.
    192 p. ; 23 x 15 cm. - (Novelas clásicas ; 5)

    ISBN 978-987-718-353-5

    1. Novela. 2. Ciencia Ficción. 3. Cuentos de Ciencia Ficción. I. Título.
    CDD 823

Introducción

Herbert George Wells, más comúnmente conocido como H. G. Wells, nació el 21 de septiembre de 1866 en Bromley, Kent y falleció el 13 de agosto de 1946 en Londres. Fue escritor, novelista, historiador y filósofo. Estudió Biología pero, a causa de sus escasos recursos económicos, tardó varios años en conseguir la licenciatura. Poco tiempo después, sin embargo, por razón de algunos problemas de salud, decidió dedicarse a la escritura de manera permanente.

Fue uno de los primeros escritores en dedicarse a la ciencia ficción, género con el que se convirtió en un clásico de la literatura de anticipación. Tiene una obra muy prolífica, que cuenta con más de cien libros y un centenar de cuentos. No solamente posee en su haber obras de ciencia ficción, como *La guerra de los mundos* (1898) o *La máquina del tiempo* (1895) –ambas llevadas al cine más de una vez con gran éxito–, también cuenta con obras de interés social o enfocadas en el estudio de la historia.

Fue un hombre de fuertes convicciones políticas, y criticó duramente a políticos y gobernantes acerca de conflictos armados y guerras mundiales.

Por su labor literaria dedicada a la ciencia, en 1970 se bautizó, en su honor, H.G. Wells a un astroblema lunar ubicado en el lado oscuro de la Luna.

La guerra de los mundos, publicada por primera vez en 1898, cuenta la historia de una invasión marciana a la Tierra. Es la primera versión escrita de una invasión alienígena y ha sido influencia absoluta de todo lo escrito posteriormente sobre el tema, incluido el recorrido que ha hecho el cine. Muchas interpretaciones han leído la obra como una crítica a las colonizaciones e invasiones estadounidenses y británicas a otros continentes, pero también es cierto que la obra de Wells es un referente ineludible a la hora de hablar del género de ciencia ficción. Y ha sido referente no solamente en áreas como el cine, sino también la radio y las series de televisión, y más adelante en el tiempo, los videojuegos y las series streaming.

La historia narrada por la novela de Wells comienza por el relato de un narrador, del cual nunca se nos revela el nombre, escritor especializado en ciencia especulativa, que nos relata con lujo de detalles la experiencia vivida en un observatorio astronómico, cuando visita a un reconocido astrónomo, Ogilvy. Observando el planeta Marte, ambos hombres son testigos de una explosión en dicho planeta. Días después, sin embargo, lo que la comunidad científica había interpretado como un meteorito, aterriza cerca de Londres, en el campo comunal Horsell. Como el narrador vive en las cercanías de dicho territorio, descubre muy pronto que el objeto aterrizado es un cilindro enviado desde el planeta Marte, y que no ha venido solo a nuestro mundo, sino cargado de seres dispuestos a enfrentarnos para apoderarse de nuestro planeta.

LIBRO PRIMERO

LA LLEGADA
DE LOS MARCIANOS

1
La víspera de la guerra

Nadie hubiera creído, en los últimos años del siglo diecinueve, que nuestro mundo estaba siendo observado profunda y atentamente por inteligencias más desarrolladas pero igual de mortales que la de los hombres; que mientras los hombres se ocupaban de sus asuntos eran estudiados, probablemente tan minuciosamente como el científico estudia a través del microscopio las efímeras criaturas que se mueven y multiplican en una gota de agua. Con infinita complacencia, los seres humanos fueron y vinieron por el mundo con sus pequeñas ocupaciones, albergando la ilusión de su superioridad sobre la materia. Es muy posible que las criaturas bajo el microscopio hagan lo mismo. Nadie imaginó que los mundos más antiguos del espacio fueran posibles peligros para nosotros, o, si pensó en ellos, fue sólo para considerar la idea de que pudieran estar habitados como imposible o improbable. Es curioso recordar algunos de los hábitos mentales de aquellos días pasados. En caso de considerarlo, suponíamos, a lo sumo, que tal vez hubiera en Marte seres seguramente inferiores a nosotros y que estarían dispuestos a recibir con agrado una expedición enviada desde aquí. Sin embargo, desde otro punto del espacio, intelectos fríos y calculadores que son, en relación con los nuestros, lo que nuestras mentes son a las bestias, miraban la Tierra con envidia mientras tejían con lentitud sus planes contra nuestra raza. Y, a comienzos del siglo veinte, tuvimos la gran desilusión.

El planeta Marte, le recuerdo al lector brevemente, gira alrededor del Sol a una distancia de ciento cuarenta millones de millas y recibe apenas la mitad de la luz y el calor que llegan a la Tierra. Y, si es que hay algo de cierto en la hipótesis nebular sobre la formación del sistema planetario, debe ser mucho más antiguo que nuestro mundo, y la vida nació en él mucho antes de que nuestro planeta se solidificara. Su enfriamiento se debe haber visto acelerado por el hecho de que tiene apenas una séptima parte del volumen de la Tierra, dándole una temperatura que posibilite la aparición de la vida sobre su superficie. Tiene aire y agua, así como también todo lo necesario para sostener la existencia de seres animados.

Pero tal es la vanidad del hombre y tanto lo ciega su vanidad, que hasta fines del siglo diecinueve ningún escritor expresó idea alguna acerca de que allí pudiera haberse desarrollado una raza de seres con una inteligencia comparable con la nuestra. Tampoco fue concebida la verdad de que, siendo Marte más antiguo que nuestra Tierra y dotado sólo de una cuarta parte de la superficie de nuestro planeta, y por encontrarse situado más lejos del Sol, resultaba lógico admitir que no sólo está más distante de los comienzos de la vida, sino también mucho más cercano a su fin.

El enfriamiento que algún día padecerá nuestro mundo ha llegado ya a un punto muy avanzado en el planeta vecino. Su estado material es aún, en su mayor parte, un misterio; pero ahora sabemos que incluso en su región ecuatorial la temperatura del mediodía no llega a ser la que tenemos nosotros en nuestros inviernos más crudos. Su atmósfera es considerablemente más tenue que la nuestra, sus océanos se han reducido hasta cubrir sólo una tercera parte de su superficie y, al sucederse lentamente sus estaciones, se funde la nieve de los polos inundando periódicamente las zonas templadas. Esa última etapa de agotamiento, que todavía es para nosotros increíblemente remota, se ha convertido en un problema actual para los habitantes de Marte. La constante presión ejercida por la necesidad les agudizó el intelecto, aumentando su poder de percepción y endureciendo sus corazones. Y al mirar a través del espacio con instrumentos e inteligencias con los que apenas si hemos soñado, ven a sólo treinta y cinco millones de millas de ellos una estrella matinal de esperanza: nuestro propio planeta, mucho más templado, lleno del verdor de la vegetación y de azules aguas, con una atmósfera nebulosa que anuncia fertilidad y con amplias extensiones de tierra capaz de sostener la vida.

Y nosotros, los hombres que habitamos esta Tierra, debemos ser para ellos tan extraños y tan poco importantes como lo son para nosotros los monos y los lémures. El intelecto del hombre admite que la vida es una incesante batalla, y parece ser también ésta la creencia que impera en Marte. Su mundo se halla en el período del enfriamiento, y el nuestro está todavía lleno de vida, pero de una vida considerada por ellos como perteneciente a animales inferiores. Así, pues, la única esperanza que poseen de sobrevivir a su fatal destino, que los viene amenzando generación tras generación, está en trasladar la guerra hacia su vecino más cercano.

Y antes de atrevernos a juzgarlos con dureza debemos recordar la cruel destrucción que nuestra especie ha causado no sólo entre los animales, como el bisonte y el dido, sino también entre las razas inferiores. Los tasmanios, a pesar de su apariencia humana, fueron exterminados por completo en una guerra librada por inmigrantes europeos durante escasos cincuenta años. ¿Es que somos acaso tan apóstoles de la misericordia como para quejarnos si los marcianos libraran una guerra con las mismas intenciones hacia nosotros?

Los marcianos deben haber calculado su llegada con gran exactitud –su conocimiento en matemáticas excede en mucho al nuestro– y llevado a cabo sus preparativos de una manera perfecta. Si nuestros instrumentos nos lo hubieran permitido, podríamos haber percibido los síntomas del mal ya en el siglo dieciocho. Hombres como Schiaparelli han observado el planeta rojo –que ha sido considerado durante siglos como la estrella de la guerra–, pero no llegaron a interpretar las fluctuaciones en las marcas de sus mapas. Durante ese tiempo los marcianos deben haber estado preparándose.

Durante la oposición de 1894 se vio una gran luz en la parte iluminada del disco, primero desde el Observatorio Lick. Luego la notó Perrotin, en Niza, y después otros observadores. Los lectores ingleses se enteraron de la noticia en el ejemplar de *Nature* que apareció el dos de agosto. Me inclino a creer que la luz debe haber sido el disparo de un arma gigantesca, un gran túnel excavado en su planeta, y desde el cual abrieron fuego sobre nosotros. Durante las dos oposiciones siguientes, fueron avistadas marcas muy raras cerca del lugar en que sucedió el primer estallido luminoso.

Hace ya seis años que se descargó la tempestad en nuestro planeta. Al aproximarse Marte a la oposición, Lavelle, de Java, hizo circular entre sus colegas del mundo la noticia de que había una enorme nube de gas incandescente sobre el planeta vecino. La nube se volvió visible a medianoche del día doce, y el espectroscopio indicaba una masa de gas ardiente, casi toda compuesta de hidrógeno, que se movía a gran velocidad en dirección a la Tierra. Este chorro de fuego se volvió invisible alrededor de las doce y cuarto. Lavelle lo comparó a una gigantesca llamarada lanzada desde el planeta "con la violencia intempestiva con que escapa el gas de pólvora de la boca de un arma".

Esta frase resultó singularmente apropiada. Sin embargo, al día siguiente no fue mencionado nada de esto en los diarios, a excepción de una nota muy breve publicada en el *Daily Telegraph*, y el mundo continuó ignorando uno de los más graves peligros que amenazó a la raza humana. Es probable que yo no me hubiera enterado de lo anterior si no me hubiese encontrado en Ottershaw con el famoso astrónomo Ogilvy. Se hallaba muy entusiasmado con la noticia, y me invitó a acompañarlo esa misma noche a observar el planeta rojo.

A pesar de todo lo sucedido desde entonces, aún recuerdo con mucha claridad la vigilia de aquella noche: el oscuro y silencioso observatorio, los débiles rayos de luz sobre un rincón del piso que arrojaba la lámpara, la delgada abertura del techo por la que se divisaba un rectángulo negro tachonado de estrellas.

Ogilvy andaba de un lado hacia el otro; podía oírlo. Por el telescopio se veía un círculo azul oscuro y en el campo visual entraba el pequeño planeta. Parecía muy pequeño, inmóvil y brillante, marcado con líneas transversales y algo achatado en los polos. ¡Qué pequeño era! Parecía apenas un puntito de luz. Parecía como si temblara un poco, pero era la vibración del telescopio a causa de la maquinaria de relojería que seguía el movimiento del astro.

Al observarlo, Marte parecía agrandarse y empequeñecerse, avanzar y retroceder, pero era sólo el cansancio de mi vista. Se encontraba a cuarenta millones de millas, al otro lado del espacio. No son muchas personas las que comprenden la inmensidad del vacío en el cual se mueve el polvo del universo material.

Recuerdo haber visto en el campo visual tres puntitos de luz, pequeñitas estrellas infinitamente remotas y, a su alrededor, la negrura insondable del espacio. El lector sabe qué aspecto tiene esa negrura durante las noches estrelladas. Pero vista a través del telescopio parece todavía más profunda. Y volando a velocidad constante a través de aquella increíble distancia, acercándose minuto a minuto, invisible para mí, porque ser tan pequeño y hallarse tan lejos, llegaba el objeto que nos mandaban, ese objeto que habría de causar tantas batallas, catástrofes y muertes en nuestro mundo. Ni siquiera soñé con él mientras miraba; nadie en la Tierra podía imaginar la presencia del certero proyectil.

Aquella noche hubo otro estallido de gas en el lejano planeta. Yo mismo lo vi. Fue un resplandor rojizo en los bordes y se agrandó levemente al dar el cronómetro las doce. Al verlo se lo dije a Ogilvy y él ocupó mi lugar. Hacía calor y avancé a tientas por la oscuridad en dirección a la mesita sobre la que se hallaba el sifón pues tenía sed, mientras que Ogilvy lanzaba exclamaciones entusiasmado al estudiar el chorro de gas que venía hacia nosotros.

Esa misma noche partió otro proyectil invisible desde Marte. Iniciaba su trayectoria veinticuatro horas después del primero. Recuerdo haberme quedado sentado a la mesa, deseando tener algo para poder encender mi pipa y fumar, sin siquiera sospechar el significado del resplandor que había descubierto y el gran cambio que traería a mi vida. Ogilvy estuvo observando hasta la una, luego abandonó el telescopio. Encendimos el farol y fuimos a la casa. Abajo, en la oscuridad, se hallaban Ottershaw y Chertsey, donde centenares de personas dormían serenamente.

Ogilvy hizo una gran cantidad de comentarios acerca del planeta Marte y se burló de la idea de que tuviese habitantes que nos estuvieran enviando señales. Opinaba que estaba cayendo sobre el planeta una abundante lluvia de meteoritos o que se había iniciado en su superficie alguna importante explosión volcánica. Me habló sobre lo difícil que era que la evolución orgánica hubiera seguido el mismo camino en los dos planetas vecinos.

—La probabilidad de que existan en Marte seres similares a los humanos es muy remota —me dijo.

Cientos de observadores vieron la llamarada de aquella noche y de las diez siguientes. Por qué cesaron los disparos después del décimo nadie ha intentado explicarlo. Quizá sea que los gases producidos por las explosiones causaron problemas a los marcianos. Espesas nubes de humo o polvo, visibles como pequeños manchones grises en el telescopio, se distribuyeron por la atmósfera del planeta.

Los diarios se ocuparon, finalmente, de esas anormalidades, y aparecieron algunas notas sobre los volcanes de Marte. Recuerdo que la revista *Punch* presentó sobre el tema una de sus habituales caricaturas políticas. Y, sin que nadie pudiera sospecharlo, los proyectiles disparados por los habitantes de Marte se aproximaban a la Tierra a muchas millas por segundo, avanzando constantemente, hora tras hora y día tras día, cada vez más cerca. Ahora me resulta casi increíblemente maravilloso que con ese peligro pendiente sobre nuestras cabezas pudiéramos ocuparnos de nuestros mezquinos asuntos como lo hacíamos. Recuerdo la dicha de Markham cuando consiguió una nueva fotografía del planeta para el diario ilustrado que editaba por aquella época. La gente de ahora no se da cuenta de la abundancia y el empuje de nuestros diarios del siglo diecinueve. En lo que a mí respecta, yo estaba muy dedicado a aprender a andar en bicicleta y atareado en una serie de escritos sobre el posible desarrollo de las ideas morales a medida que progresara la civilización.

Una noche, cuando el primer proyectil debía hallarse apenas a diez millones de millas, salí a pasear con mi esposa. Las estrellas brillaban en el cielo y le describí los signos del Zodiaco, indicándole a Marte, que era un puntito de luz brillante en el firmamento, hacia el que apuntaban entonces tantos telescopios. Era una noche templada y, cuando volvíamos a casa, se cruzaron con nosotros varios excursionistas de Chertsey e Isleworth, que iban cantando y haciendo sonar sus instrumentos musicales. Se veían luces en las ventanas de las casas. Desde la estación, nos llegó el sonido de los trenes y el rugir de sus locomotoras parecía una melodía ejecutada por la magia de la distancia. Mi esposa me señaló el brillo de las señales rojas, verdes y amarillas, que sobresalían del cielo como de un fondo de terciopelo. La calma y la seguridad parecían reinar por todas partes.

2
La estrella fugaz

Entonces, llegó la noche en que cayó la primera estrella. Se la vio por la mañana temprano sobrevolando Winchester en dirección al este. Pasó a gran altura, dejando una estela de llamas a su paso. Cientos de personas deben haberla visto y pensado que era una estrella fugaz. Albin comentó que dejaba tras de sí una estela verdosa que resplandecía durante unos segundos. Denning, que era nuestra máxima autoridad en la materia, afirmó que, al parecer, se hallaba a una altura de noventa o cien millas, y agregó que cayó a la Tierra a unas cien millas al este de donde él se encontraba.

A esa hora yo estaba en mi casa, escribiendo en mi estudio. Y no vi nada fuera de lo habitual, a pesar de que mis ventanas dan hacia Ottershaw y tenía las cortinas abiertas. Sin embargo, ese objeto extraño que llegó a nuestra Tierra desde el espacio debe haber caído mientras yo estaba sentado allí, y seguramente lo habría visto, si hubiera levantado la vista en el momento oportuno. Algunos de los que la vieron pasar afirman que viajaba produciendo un zumbido especial. Sin embargo, yo no oí nada. Muchos de los habitantes de Berkshire, Surrey y Middlesex deben haberla observado caer y, en su mayoría, la habrán confundido con un meteorito común.

Ninguno parece haberse molestado en ir a verla esa misma noche.

Pero, muy temprano a la mañana siguiente, el pobre Ogilvy, que había visto la estrella fugaz y que estaba convencido de que el meteorito se hallaba en campo abierto, entre Horsell, Ottershaw y Woking, se levantó de la cama con la voluntad de encontrarlo. Y, en efecto, lo encontró, poco después del amanecer y no muy lejos de los arenales. El impacto del proyectil había hecho un agujero enorme y la arena y la tierra habían sido arrojadas en todas direcciones sobre los brezos, formando pequeños montículos que eran visibles desde una milla y media de distancia. Hacia el este la hierba se había incendiado y el humo azul se elevaba hacia el cielo.

El objeto estaba casi por completo sepultado en la arena, entre los restos astillados de un abeto que había destruido en su caída. La parte descubierta parecía un enorme cilindro cubierto de barro y sus líneas exteriores estaban suavizadas por unas incrustaciones parecidas a escamas de color pardo. Tenía un diámetro de unos treinta metros.

Ogilvy se aproximó al objeto, y se sorprendió ante su tamaño y su forma, ya que la mayoría de los meteoritos son casi completamente esféricos. Pero estaba todavía tan recalentado por su paso a través de la atmósfera, que era imposible acercarse a él. Desde el interior del cilindro le llegó un sonido extraño, pero lo atribuyó al enfriamiento desigual de su superficie, pues en aquel entonces no se le había ocurrido que pudiera ser hueco.

Permaneció de pie al borde del pozo cavado por el objeto, estudiando con gran dedicación su aspecto extraño, y muy asombrado por su forma y color insólitos. En ese momento sospechó que había cierta evidencia de que su llegada no era casual. El silencio imperaba a esa hora y el sol, que se elevaba ya sobre los pinos de Weybridge, empezaba a calentar la Tierra. Recordó no haber oído pájaros aquella mañana y seguramente no corría el menor soplo de brisa, de modo que los únicos sonidos que percibió fueron los que llegaban muy levemente desde el interior del cilindro. Se encontraba solo en el campo.

De pronto, notó con sorpresa que parte de las cenizas solidificadas que cubrían el meteorito estaban desprendiéndose del extremo circular. Caían en escamas y llovían sobre la arena. Y vio caer una parte muy grande, que produjo un ruido que le paralizó el corazón.

Al comienzo, no comprendió el significado, y a pesar de que el calor era muy fuerte, bajó al pozo y se acercó todo lo posible al objeto para ver las cosas con mayor claridad. Le pareció que el enfriamiento del cuerpo era una explicación razonable; pero descartó esa idea dado que que la ceniza caía sólo de un extremo del cilindro.

Fue entonces cuando percibió que el extremo circular del cilindro rotaba con suma lentitud. Era tan gradual el movimiento, que lo notó al enfocar la vista en una marca negra que había estado cerca de él unos cinco minutos antes y ahora se hallaba al en el lado opuesto de la circunferencia. Incluso entonces no interpretó lo que esto significaba hasta que oyó un rechinamiento raro y vio que la marca negra daba otro empujón. Allí comprendió la verdad. ¡El cilindro era artificial, estaba hueco y su extremo se abría! Era algo dentro del objeto lo que hacía hacía girar su tapa.

—¡Dios mío! —exclamó Ogilvy—. Hay hombres adentro. Deben estar semiquemados y quieren escapar.

Instantáneamente relacionó el cilindro con las explosiones de Marte.

Pensar en las criaturas atrapadas allí le resultó una idea tan espantosa, que olvidó el calor y se adelantó para ayudar a los que se esforzaban por quitar la tapa. Pero, por fortuna, las radiaciones calóricas lo contuvieron antes de que pudiera quemarse las manos por tocar el metal, todavía candente. Quedó inmóvil por un momento; luego giró sobre sus talones, trepó fuera del pozo y partió a toda velocidad en dirección a Woking. Serían ya las seis de la mañana. Se encontró con un carretero y trató de explicarle lo que sucedía; pero su relato sonaba tan increíble y él mismo tenía un aspecto tan poco recomendable, que el otro siguió viaje sin prestarle un mínimo de atención. La misma situación vivió con el tabernero, que estaba abriendo las puertas de su negocio en Horsell Bridge. Creyó que era un loco escapado del manicomio y trató, sin éxito, de encerrarlo en su taberna. Esto calmó un tanto a Ogilvy, y cuando vio a Henderson, el periodista londinense, saliendo a su jardín, lo llamó desde la acera y le explicó lo sucedido.

—Henderson —dijo—, ¿vio usted la estrella fugaz de anoche?

—Sí.

—Ahora, pues, está en el campo de Horsell.

—¡Cielos! —exclamó el periodista—. Un meteorito, ¿eh? ¡Magnífico!

—Pero es algo más que un meteorito. Es un cilindro artificial. Y hay algo dentro.

Henderson, sosteniendo su pala en la mano, se irguió.

—¿Cómo? —interrogó con mayor atención, dado que era sordo de un oído.

Entonces, Ogilvy le contó todo lo que había visto y Henderson tardó un momento en asimilar el significado de su relato. Luego, soltó la pala, tomó su chaqueta y salió al camino. Los dos hombres corrieron en seguida al campo comunal y encontraron el cilindro ubicado en la misma posición. Pero ahora habían cesado los ruidos interiores y un círculo de metal delgado y brillante se mostraba entre el extremo y el cuerpo del objeto. Con un ruido sibilante el aire entraba o salía por el borde de la tapa.

Escucharon con atención durante un rato, con un palo golpearon el metal, y, al no obtener respuesta, concluyeron que el ser o los seres que se encontraban en el interior debían estar desmayados o muertos.

No pudieron hacer nada. Gritaron hacia el tubo expresiones de consuelo y promesas y regresaron a la villa en busca de ayuda. Resulta sencillo imaginarlos cubiertos de arena, con los cabellos desprolijos y presas de la excitación corriendo por la calle a la hora en que los comerciantes abrían sus negocios y la gente asomaba a las ventanas de sus dormitorios. Henderson fue de inmediato a la estación ferroviaria, a fin de telegrafiar la noticia a Londres. Los artículos periodísticos habían preparado a los hombres para recibir la noticia sin demasiado escepticismo.

A eso de las ocho había partido hacia el campo comunal un grupo de muchachos y hombres desocupados, que deseaban ver a "los hombres muertos de Marte". Esto parecía un buen ejemplo de la interpretación que se dio al relato. A mí me lo contó el repartidor de diarios a eso de las nueve menos cuarto, cuando salí para buscar mi *Daily Chronicle*. Sin ninguna duda, me sobresalté, y no perdí tiempo en salir y cruzar el puente de Ottershaw para dirigirme a los arenales.

3
En el campo comunal de Horsell

Encontré a unas veinte personas rodeando el enorme pozo en el cual descansaba el cilindro. Ya he descripto el aspecto de aquel enorme objeto sepultado en el suelo. El césped y la tierra que lo rodeaban parecían quemados como por una explosión. Sin dudas se habían producido algunas llamas por la fuerza del impacto. Henderson y Ogilvy no estaban allí. Creo que se dieron cuenta de que no se podía hacer nada por el momento y fueron a desayunar a la casa de Henderson.

Había cuatro o cinco muchachos sentados sobre el borde del pozo que se divertían arrojando piedras a la gigantesca masa. Decidí detener esa diversión, y después de explicarles de qué se trataba, se pusieron a jugar a la mancha corriendo entre los curiosos.

Entre las personas mayores había dos ciclistas, un jardinero que solía trabajar en casa, una niña con un bebé en brazos, el carnicero Gregg y su pequeño hijo y dos o tres vagos que tenían la costumbre de holgazanear por la estación. Se hablaba poco. Eran muy pocos los conocimientos sobre astronomía que tenía el pueblo inglés por aquellos días. Casi todos miraban en silencio el extremo plano del cilindro, que seguía estando tal como lo habían dejado Ogilvy y Henderson. Me parece que, probablemente, se hayan sentido desengañados al no encontrarse con una pila de cadáveres chamuscados.

El tiempo que estuve allí algunos se fueron y otros llegaron. Entré en el pozo y me pareció oír leves movimientos a mis pies. Era evidente que la tapa había dejado de rotar.

Y fue entonces, al acercarme tanto al objeto, cuando me di

cuenta de lo extraño que era. A primera vista, no resultaba muy diferente a un auto tumbado o un árbol caído en el camino. Ni siquiera eso. Parecía un tambor de gas oxidado y semienterrado. Era necesario poseer cierta educación científica para percibir que las escamas grises que cubrían el objeto no eran de óxido común, y que el metal amarillo blancuzco que relucía en la abertura de la tapa tenía un matiz extraño. El término "extraterrestre" no tenía ningún significado para la mayoría de los curiosos.

Instantáneamente reconocí perfectamente que el objeto había llegado desde el planeta Marte, pero consideré improbable que contuviera seres vivos. Pensé que la tapa se desenroscaría automáticamente. A pesar de las afirmaciones de Ogilvy, era partidario de la teoría de que había habitantes en Marte. Empecé a pensar en la probabilidad de que el cilindro contuviera algún manuscrito, y en seguida imaginé lo difícil que resultaría su traducción, para preguntarme luego si no habría dentro monedas u otras cosas por el estilo. Al instante me contradije, pues el cilindro era demasiado grande para tales propósitos y me impacienté por verlo abierto.

Cerca de las nueve, al ver que nada ocurría, regresé a mi casa de Maybury, pero me resultó muy difícil ponerme a trabajar en mis investigaciones abstractas.

Por la tarde, el aspecto del campo comunal había cambiado. Las primeras ediciones de los diarios vespertinos habían sorprendido a Londres con enormes titulares, como el siguiente:

"SE RECIBE UN MENSAJE DE MARTE"

Extraordinaria noticia de Woking.

Además, el telegrama enviado por Ogilvy a la Sociedad Astronómica había despertado la atención de todos los observatorios del reino.

Había casi una docena de coches de la estación de Woking parados en el camino cerca de los arenales, un sulky procedente de Chobham y un carruaje de majestuoso aspecto. Además, un número importante de bicicletas. Y, a pesar del calor que reinaba, gran cantidad de personas debían haberse trasladado a pie desde

Woking y Chettsey, de modo que encontré allí a una multitud.

El calor era agobiante, en el cielo no se veía una sola nube, no soplaba la más leve brisa y la única sombra proyectada en el suelo era la de unos pocos pinos. El fuego de los brezos se había extinguido ya, pero la llanura que se extendía hacia Ottershaw estaba ennegrecida hasta lo que alcanzaba a divisar la vista, y todavía emanaba el humo en pequeñas volutas.

Un comerciante muy emprendedor había enviado a su hijo con una carretilla llena de manzanas y botellas de gaseosas.

Acercándome al borde del pozo, vi a un grupo de hombres. Estaban allí Henderson, Ogilvy y un individuo alto y rubio que –según supe después– era Stent, astrónomo del Observatorio Real, con varios obreros con palas y picos. Stent daba órdenes con voz clara y aguda. Se hallaba de pie sobre el cilindro, que lucía ya mucho más frío; tenía el rostro enrojecido y lleno de transpiración, y algo parecía irritarlo.

Gran parte del cilindro estaba ya al descubierto, aunque su extremo inferior se encontraba todavía sepultado. Tan pronto como me vio Ogilvy entre los curiosos, me invitó a bajar y me preguntó si tendría inconveniente en ir a ver a lord Hilton, el señor del castillo.

Me comentó que la multitud, y en especial los jovencitos, dificultaban los trabajos de excavación. Deseaban colocar una barrera para que la gente se mantuviera a distancia. Me comentó que se oía, de tanto en tanto, un ruido procedente del interior del casco, pero que los obreros no habían podido desatornillar la tapa, ya que no poseía ninguna protuberancia. Las paredes del cilindro parecían ser extraordinariamente gruesas y les resultaba posible que los sonidos que oían leves fueran en realidad gritos y golpes muy fuertes venidos del interior.

Me alegré de poder hacerle el favor que me solicitaba, ganando así el derecho de ser uno de los espectadores privilegiados. No hallé a lord Hilton en su casa; pero me informaron que lo esperaban en el tren que llegaría de Londres a las seis. Como todavía eran las cinco y cuarto, fui a mi casa a tomar el té y luego me dirigí hacia la estación para esperarlo.

4
Se abre el cilindro

Atardecía cuando regresé al campo comunal. Varios grupos llegaban apurados desde Woking, y algunas personas volvían a sus hogares. La multitud que rodeaba el pozo había crecido y se recortaba su silueta contra el cielo amarillo. Serían, probablemente, unas doscientas personas. Me pareció notar voces y movimientos como de forcejeos alrededor de la excavación. Esto hizo que imaginara cosas extrañas.

Al acercarme oí la voz de Stent:

—¡Atrás! ¡Atrás!

Un joven se adelantó corriendo hacia mí.

—Se está moviendo —me dijo al pasar—. Se está desenroscando. Esto no me gusta, me voy a casa.

Continué avanzando hacia la multitud. Me pareció que había doscientas o trescientas personas dándose codazos y empujándose unas a otras, y, entre ellas, no eran las mujeres las menos activas.

—¡Se ha caído al pozo! —gritó alguien.

—¡Atrás! —exclamaron varios.

La muchedumbre se apartó un poco y yo aproveché la oportunidad para abrirme paso dando codazos. Todos parecían muy exaltados y desde el pozo provenía una especie de zumbido.

—¡Oiga! —exclamó Ogilvy en ese momento—. Ayúdenos a mantener a raya a estos desubicados. Todavía no sabemos lo que hay dentro de este condenado aparato.

Vi a un muchacho, dependiente de una tienda de Woking, parado sobre el cilindro tratando de salir del pozo. El gentío lo había empujado hasta hacerlo caer.

Estaban desenroscando la tapa desde el interior del casco y ya se veían cincuenta centímetros de la brillante rosca. Una persona se tropezó conmigo y casi me caigo sobre la tapa. Me di vuelta, y justo en ese instante pareció haberse terminado de efectuar la abertura y la tapa cayó a tierra dando un fuerte golpe. Di un codazo a la persona que estaba detrás de mí y giré de nuevo la cabeza hacia el objeto. En un comienzo me pareció que la cavidad circular era completamente negra. Pero tenía el sol frente a los ojos.

Creo que todos esperaban ver salir a un hombre, probablemente distinto de los terrestres, pero, esencialmente, un ser como los humanos. Sé que esa es la idea que yo tenía. Sin embargo, mientras miraba vi algo moviéndose entre las sombras. Era de color gris y se movía sinuosamente, y luego percibí dos discos luminosos similares a unos ojos. Apenas un instante después se proyectó en el aire y hacia mí algo que se parecía a una serpiente gris, no más gruesa que un bastón. A ese primer tentáculo inmediatamente lo siguió otro.

Esa primera aparición me produjo un gran estremecimiento. Una de las mujeres que estaban más atrás lanzó un grito agudo. Sin apartar los ojos del cilindro, del cual se proyectaban más tentáculos, me volví y comencé a empujar a la gente para alejarme del borde del pozo. Vi que, en los rostros de los que me rodeaban, el asombro comenzaba a ser reemplazado por el terror. Oí exclamaciones procedentes de todas las gargantas y hubo un movimiento generalizado hacia atrás. El dependiente seguía esforzándose por salir del agujero. De pronto me encontré solo y noté que la gente del lado opuesto del pozo comenzaba a correr. Entre ellos iba Stent. Miré otra vez hacia el cilindro y un temor incontrolable se apoderó de mí, dejándome inmóvil y con los ojos fijos en el proyectil llegado de Marte.

Un bulto redondeado, gris y del tamaño de un oso se levantaba lentamente y con gran dificultad salía del cilindro.

Una vez afuera, iluminado por la luz, relució como el cuero mojado. Dos grandes ojos oscuros me miraban con absoluta fijeza. Era redondo y tenía algo que parecía ser una cara. Tenía una boca bajo los ojos: la abertura temblaba, abriéndose y cerrándose convulsivamente mientras chorreaba baba. El cuerpo palpitaba violentamente. Uno de los tentáculos se aferró al borde del cilindro; mientras tanto, otro se agitaba en el aire.

Aquellos que nunca han visto un marciano vivo no llegan a imaginar lo horroroso de su aspecto. La extraña boca en forma de "v", con el labio superior en punta, la falta de frente, la falta de barbilla debajo del labio, parecido a una cuña, el incesante palpitar de esa boca, esos tentáculos, que le dan el aspecto de una gorgona, los pulmones y su funcionamiento trabajoso en nuestra atmósfera, sus movimientos pesados, debido a la mayor fuerza de gravedad de nuestro planeta, y en especial los ojos inmensos y su mirada tan profunda… Todo ello produce un efecto muy cercano al de la náusea.

Es profundamente desagradable el color oliváceo de su piel, y hay algo horroroso en la lentitud torpe de sus movimientos. Aun en aquel primer encuentro, y a la primera mirada, me sentí dominado por la repugnancia y el terror.

El monstruo desapareció súbitamente. Había sobrepasado el borde del cilindro y había caído a tierra dando un golpe sordo, como el que podría producir una gran masa de cuero al caer con fuerza en el suelo. Le oí lanzar un grito ronco, e inmediatamente apareció otra de las criaturas en la profunda sombra de la boca del cilindro.

Frente a aquel panorama, sentí que me liberaba de la inmovilidad, giré sobre mí mismo y comencé a correr desesperadamente hacia el primer grupo de árboles, que se hallaba a unos cien metros de distancia; fui corriendo a los tropezones y bastante ladeado, pues no podía evitar mirar a los monstruos.

Me detuve, jadeante, entre los pinos y matorrales, y esperé expectante cómo se desarrollaban los acontecimientos. Alrededor de los arenales, el campo comunal estaba repleto de gente que, al igual que yo, miraba con horror y fascinación a esas criaturas, o mejor dicho, al montón de tierra levantado en los bordes del pozo en el cual se encontraban. Luego, con un nuevo terror, contemplé un objeto redondo y negro que sobresalía del pozo. Era la cabeza del dependiente que había caído en él. Logró levantarse y apoyar una rodilla en el borde, pero se deslizó nuevamente hacia abajo hasta que sólo quedó visible su cabeza. Pero, sin previo aviso, desapareció y me pareció oír un lejano alarido. Sentí el impulso momentáneo de correr a ayudarlo, pero fue más fuerte el pánico que la voluntad.

Luego, no se vio nada más que los montones de arena. Cualquiera que llegara desde Chobham o Woking se habría asombrado ante el espectáculo: una multitud de personas paradas en un amplio círculo irregular, en zanjas, detrás de matorrales, portones y setos, hablando poco y mirando con fijeza hacia unos cuantos montones de arena. La carretilla de gaseosas se destacaba contra el cielo escarlata y en los arenales había una hilera de vehículos con sus caballos, que pateaban el suelo o comían el grano de los morrales que pendían de sus cabezas.

5
El rayo calórico

Después de ver a los marcianos salir del cilindro que los trajo hasta la Tierra, mi cuerpo quedó por completo paralizado por una especie de fascinación. Me quedé parado allí, entre los brezos, con la vista fija en el montículo de arena que los ocultaba. Y en mi alma se libraba una batalla entre el terror y la curiosidad.

No me animaba a volver hacia el pozo y, sin embargo, sentía un deseo extraordinario de observar su interior. Entonces, comencé a caminar haciendo una amplia curva en busca de algún punto ventajoso y mirando continuamente hacia los montones de arena tras los cuales se ocultaban los recién llegados. En algún momento vi moverse una serie de apéndices delgados y negros, similares a los tentáculos de un pulpo, que inmediatamente desaparecieron. Luego, comenzó a elevarse una delgada vara articulada que tenía en su parte superior un disco, que giraba y se bamboleaba. ¿Qué estarían haciendo?

Los espectadores habían formado dos grupos: uno de ellos se hallaba en dirección a Woking y el otro hacia Chobham. Era evidente que estaban atravesando el mismo conflicto mental que yo. Había algunos cerca de mí y me acerqué a un vecino mío del cual no sabía el nombre.

—¡Qué horribles bestias! —me dijo—. ¡Dios mío! ¡Qué horribles bestias!

Y volvió a repetirlo una y otra vez.

—¿Vio al hombre que cayó al pozo? —le pregunté.

Pero él no me respondió. Nos quedamos en silencio mirando los arenales y quizá ambos encontrábamos cierto consuelo en la mutua compañía.

Después me desvié hacia un pequeño montículo de tierra, que tendría un poco más de un metro de altura, y cuando lo busqué con la vista vi que se iba camino a Woking.

Comenzó a oscurecer antes de que ocurriera nada más. El grupo situado a la izquierda, en dirección a Woking, parecía haber incorporado más personas y oí murmullos procedentes de allí. El grupo que se encontraba hacia Chobham se dispersó. En el pozo no había ningún movimiento.

Fue esto lo que dio coraje a la gente. Supongo que los recién llegados desde Woking ayudaron a todos a recuperar su confianza. Sea como fuere, cuando comenzó a oscurecer se inició un movimiento lento e intermitente en los arenales. Este movimiento pareció ir cobrando fuerza a medida que continuaban el silencio y la calma en los alrededores del cilindro. Avanzaban grupos de dos o tres, se detenían, observaban y volvían a avanzar, dispersándose al mismo tiempo en un semicírculo irregular que parecía encerrar el pozo entre sus dos extremos. Yo también comencé a marchar hacia el cilindro.

Pude ver a algunos cocheros y a otras personas que, sin temor, habían entrado en los arenales, y oí ruido de ruedas y cascos. Vi a un muchacho que se iba con la carretilla de manzanas y gaseosas. Y luego descubrí un grupo de hombres que avanzaban desde la dirección en que se hallaba Horsell. Estaban ya a unos treinta metros del pozo y el que iba adelante agitaba una bandera blanca.

Era la delegación. Se había efectuado una consulta urgente, y como los marcianos eran inteligentes, a pesar de su aspecto desagradable, se resolvió tratar de comunicarse con ellos y probarles así que nosotros también éramos seres razonadores.

De derecha a izquierda se agitaba la bandera. Yo estaba demasiado lejos y no lograba reconocer a ninguno de los participantes del grupo; pero después supe que Ogilvy, Stent y Henderson estaban entre ellos. La delegación había arrastrado tras de sí en su avance a un gran grupo que ahora formaba un casi completo círculo de curiosos, y un número de figuras negras la seguían a una prudente distancia.

Súbitamente se vio un resplandor y del pozo salió una gran cantidad de humo verde y luminoso en tres bocanadas muy visibles que se elevaron, una detrás de la otra, hacia lo alto de la atmósfera.

El humo (quizá la palabra correcta sería llama) era muy brillante y el cielo y los alrededores parecieron oscurecerse por un momento y quedar luego más negros al desaparecer la luz. En simultáneo se oyó un sonido sibilante.

Del otro lado del pozo estaba el grupo de personas con la bandera blanca a la cabeza. Ante el extraño fenómeno, todos se detuvieron. Cuando el humo verde se elevó, pude ver, por un instante, sus rostros con una coloración verdosa, y luego volvieron a desaparecer al apagarse el resplandor.

El sonido sibilante se fue convirtiendo en un zumbido agudo y luego en un ruido prolongado y quejumbroso. Lentamente se levantó del pozo una forma extraña y de ella emergió un rayo de luz.

Inmediatamente, grandes llamaradas saltaron del grupo de hombres, y fueron de uno a otro. Era como si un chorro de fuego invisible los tocara y estallase en una llamarada blanca. Como si cada hombre se hubiera convertido súbitamente en una antorcha humana.

Luego, los vi tambalearse y caer, mientras que los que estaban cerca intentaban huir.

Me quedé atónito contemplando la escena sin entender todavía que era la muerte lo que saltaba de un hombre a otro en aquella muchedumbre lejana. Todo lo que sentí en ese momento fue que se trataba de algo extraño. Un silencioso rayo de luz cegadora que iba derribando hombres, que caían para quedarse inmóviles. Y una ola invisible de calor que, al pasar sobre los pinos, los hacía estallar en llamas y cada seto y matorral se iba convirtiendo en una hoguera. Y hacia la dirección de Knaphill vi el resplandor de los árboles y edificios de madera que ardían vehementemente.

La muerte de fuego, la inevitable ola de calor, se extendía en los alrededores a altas velocidades. La vi acercarse hacia mí por los matorrales que tocaba y encendía y quedé tan aturdido que no pude moverme. Oí el crepitar del fuego en los arenales y el chillido de un caballo, que murió instantáneamente. Después, fue como si un dedo invisible y de fuego pasara por los brezos entre el lugar en que yo estaba y el sitio ocupado por los marcianos, y a lo largo de la curva trazada más allá de los arenales comenzó a echar humo y a resquebrajarse el terreno. Algo cayó con un gran estruendo en el lugar en que el camino de la estación de Woking llega al campo comunal. Luego, el zumbido se detuvo, y el objeto negro, parecido a una cúpula, se hundió dentro del pozo, desapareciendo de la vista.

Todo esto sucedió tan rápidamente, que estuve allí, inmóvil y atontado por los relámpagos de luz sin saber qué hacer. Si el rayo hubiera completado la circunferencia, no hay dudas de que me hubiera alcanzado. Sin embargo, pasó sin tocarme y dejó los terrenos de mi alrededor ennegrecidos, casi irreconocibles.

El campo lucía ahora completamente negro, excepto en los sitios en los que sus caminos se destacaban como franjas grises, bajo la luz débil reflejada desde el cielo por los últimos resplandores del sol. En lo alto comenzaban a brillar las estrellas y hacia el oeste se podían ver todavía los destellos del día moribundo.

Las copas de los pinos y los techos de Horsell se destacaron con claridad contra esos últimos resplandores en el oeste. Los marcianos y sus artefactos eran ya invisibles, excepto por el delgado mástil, en cuyo extremo continuaba girando el espejo.

Por todas partes podían verse setos y árboles que humeaban todavía, y desde las viviendas de Woking se elevaban grandes llamaradas hacia lo alto del cielo.

Al margen de esto y el profundo asombro que me dominaba, nada había cambiado. El pequeño grupo de puntos negros con su bandera blanca había sido exterminado sin alterar demasiado la paz del anochecer.

Fue en ese momento cuando comprendí que me encontraba allí, indefenso y solo. Y súbitamente, como algo que cayera sobre mí, me asaltó el miedo.

Con un gran esfuerzo me di la vuelta y comencé a correr torpemente por entre los brezos.

El miedo que se había apoderado de mí no era un miedo racional, sino un terror, cercano al pánico, no sólo a causa de los marcianos: me aterrorizaban la tranquilidad y el silencio que me rodeaban. Tal fue su efecto, que corrí llorando como un niño. Y, una vez que empecé a correr, ni una sola vez me atreví a mirar hacia atrás.

Recuerdo que tuve la impresión de que estaban jugando conmigo y que en pocos minutos, cuando estuviera a punto de salvarme, esa muerte misteriosa, tan rápida como el paso de la luz, saltaría tras de mí para matarme.

6
El rayo calórico
en el camino de Chobham

Aún no se ha podido aclarar cómo los marcianos lograron matar hombres con tanta rapidez y en semejante silencio. Muchos opinan que en cierto modo pueden generar un intenso calor en una cámara completamente aislada. Este calor intenso es proyectado en un rayo paralelo por medio de un espejo parabólico de composición desconocida, tal como funcionaba el espejo parabólico de los faros.

Sin embargo, nadie ha podido corroborar estos detalles. Sea como fuere, seguramente lo esencial en el aparato sea el rayo calórico. Calor y luz invisible. Todo lo combustible, al ser tocado por el rayo, se convierte en llamas: el plomo corre como agua, el hierro se ablanda, el vidrio se rompe y se funde, y al tocar el agua, ésta explota en una nube de vapor.

Aquella noche unas cuarenta personas quedaron tendidas alrededor del pozo, quemadas y desfiguradas por completo, y durante las horas de la oscuridad el campo comunal que se extiende entre Horsell y Maybury quedó desierto e iluminado por las llamas.

Es probable que la noticia de la hecatombe llegara a Chobham, Woking y Ottershaw, más o menos, al mismo tiempo. En Woking se habían cerrado ya los negocios cuando sucedió la tragedia, y un número de empleados, atraídos por los relatos que oían, cruzaron el puente de Horsell y marcharon por el camino flanqueado de setos que va hacia el campo comunal. Podrá imaginar el lector a los más jóvenes, acicalados después de su jornada laboral y usando la novedad como excusa para pasear juntos y coquetear durante el paseo.

Claro que, hasta ese momento, eran pocas las personas que sabían que el cilindro se había abierto, a pesar de que Henderson había enviado un mensajero al correo con un telegrama especial para un diario vespertino.

Cuando estas personas salieron de a dos y de a tres al campo abierto, vieron varios grupos que hablaban con entusiasmo y miraban al espejo giratorio que sobresalía del pozo. Sin dudas, los recién llegados se contagiaron de la excitación dominante.

A las ocho y media, cuando fue destruida la delegación, en el lugar había unas trescientas personas o más, además de los que salieron del camino para estar más cerca de los marcianos. Había tres agentes de policía, uno de ellos a caballo, siguiendo las órdenes de Stent, que hacían todo lo posible por alejar a las personas e impedirles que se aproximaran al cilindro. Algunos, menos sensatos, protestaron a los gritos y se burlaron de la policía.

Stent y Ogilvy, que temían que se generara un desorden, habían telegrafiado al cuartel para solicitar una compañía de soldados que protegiera a los marcianos de una posible violencia por parte de la multitud. Después regresaron para guiar al grupo que se adelantó para conversar con los visitantes.

La descripción de la muerte, tal cual la presenció la multitud, concuerda con mi propia impresión: las tres nubes de humo verde, el zumbido penetrante y las llamaradas.

Ese grupo de personas escapó de la muerte por puro milagro. Sólo los salvó el hecho de que una loma de arena interceptó la parte inferior del rayo calórico. Si el espejo parabólico hubiera estado a mayor altura, ninguno de ellos hubiera vivido para contar lo que sucedió.

Pudieron ver los destellos y a los hombres cayendo y luego les pareció que una mano invisible encendía los matorrales mientras se dirigía hacia ellos. Luego, con un zumbido que ahogó al que provenía del pozo, el rayo pasó por encima de sus cabezas, prendiendo fuego las copas de las hayas que rodeaban el camino, rompiendo los ladrillos, quebrando vidrios, incendiando marcos de ventanas y haciendo derrumbar una parte del altillo de una casa cercana a la esquina.

Al suceder todo esto, dominado por el pánico, el grupo dudó unos momentos.

Comenzaron a caer en el camino chispas y ramas ardientes; se incendiaron sombreros y vestidos. Luego, se oyeron los gritos del campo comunal.

Resonaban gritos y alaridos, cuando llegó hasta ellos el policía a caballo, agarrándose la cabeza con las manos y aullando como poseído.

—¡Ya viene! —gritó una mujer.

Y automáticamente todos empezaron a empujarse unos a otros, desesperados por escapar hacia Woking. Deben haber huido tan ciegamente como un rebaño de ovejas. La multitud se apiñó donde el camino se angosta y pasa por entre dos barrancos de cierta altura y allí se libró una batalla desesperada. No todos lograron escapar; dos mujeres y un niño fueron aplastados y pisoteados, hasta quedar allí, abandonados, para morir en medio del terror y la oscuridad.

7
Cómo llegué a casa

Yo, sin embargo, no recuerdo nada de mi huida, excepto los golpes que me di al chocar contra los árboles y tropezar entre los brezos. A mi alrededor parecían cernirse los terrores traídos por los marcianos. Aquella ola de calor y de crueldad andaba de un lado para otro, sobrevolando mi cabeza, para descender de pronto y quitarme la vida. Llegué al camino entre la encrucijada y Horsell y corrí desaforadamente por allí.

Y, finalmente, no pude seguir adelante. Agotado por la violencia de mis emociones y por mi huida, caí a un costado del camino, muy cerca de donde el puente cruza el canal a escasa distancia de los gasómetros. Caí y me quedé allí.

Debo haber estado en ese lugar largo rato.

Me senté de pronto sintiéndome desconcertado y, por un momento, no pude comprender cómo había llegado allí. Mi terror se había desvanecido súbitamente. No tenía sombrero y noté que el cuello de mi camisa estaba desprendido. Durante unos minutos había tenido delante de mí solamente tres cosas: la inmensidad de la noche, del espacio y de la Naturaleza; mi propia debilidad y angustia, y la cercanía de la muerte. Pero ahora mi punto de vista se había alterado por completo. No tuve conciencia de la transición de un estado mental al otro. Pasé a ser, de pronto, la persona de todos los días, el ciudadano común y decente. El campo silencioso, el impulso de huida y las llamaradas me resultaron parte de una pesadilla. Me pregunté, entonces, si habrían ocurrido en realidad, pero no pude creerlo.

Me puse de pie y ascendí con pasos inestables la curva empinada del puente. Tenía la mente en blanco, mis músculos y nervios parecían no tener energía y creo que mis pasos tambaleaban.

Sobre la parte superior de la curva vi asomarse una cabeza, y al rato vi subir a un obrero que llevaba un canasto. Un niño corría a su lado. Al pasar a mi lado, el hombre me saludó. Estuve tentado de dirigirle la palabra, pero no lo hice y contesté a su saludo con una inclinación de cabeza.

Sobre el puente ferroviario de Maybury pasó un tren pitando constantemente y echando humo. Un grupo de personas conversaban a la entrada de una de las casas del Oriental Terrace. Todo esto era real y conocido. ¡Pero lo que dejaba atrás! Aquello era fantástico. Me dije a mí mismo que no podía ser.

Probablemente, mis estados de ánimo sean excepcionales. Hay momentos en los que suelo experimentar una extraña sensación de desapego y me separo de mi cuerpo y del mundo que me rodea, observándolo todo desde afuera, desde un punto inconcebiblemente remoto, fuera del tiempo y del espacio. Aquella noche. Allí tenía ahora otro aspecto de mi sueño.

Pero lo malo era la incongruencia entre esta tranquilidad y la muerte certera que se hallaba a menos de dos millas de distancia. Oí los sonidos de la gente que trabajaba en los gasómetros y vi encendidas todas las luces eléctricas. Me detuve junto al pequeño grupo.

—¿Qué novedades hay del campo comunal? —pregunté.

Allí había dos hombres y una mujer.

—¿Qué? —dijo uno de los hombres.

—¿Qué novedades hay del campo comunal? —repetí.

—¿No viene usted de allí? —preguntaron ambos hombres.

—La gente que ha ido al campo comunal se ha vuelto tonta —declaró la mujer—. ¿A qué se refiere?

—¿No ha oído hablar de los habitantes de Marte? —exclamé.

—Más de lo que necesitamos —dijo ella, y los tres se pusieron a reír.

Me sentí abrumado pero furioso. Hice un esfuerzo, pero no pude contarles lo ocurrido. Y siguieron riendo ante mis frases sin sentido.

—Ya oirán más al respecto —dije, y seguí mi camino.

Mi esposa me esperaba en la puerta y se alteró al verme tan pálido. Entré en el comedor, me senté, bebí un poco de vino, y tan pronto me sentí algo mejor le conté lo que había visto. La cena estaba servida y allí quedó olvidada, ya fría sobre la mesa, mientras yo relataba los acontecimientos.

–Hay algo importante –expresé para calmar los temores de mi esposa–. Son las criaturas más torpes que he visto en mi vida. Quizá conserven la posesión del pozo y maten a los que se acerquen, pero de allí no pueden salir... ¡Aunque qué horribles son!

–Cálmate, querido –me dijo mi esposa tomándome de la mano.

–¡Pobre Ogilvy! ¡Pensar que debe estar allí sin vida!

Por lo menos, a mi esposa no le resultó increíble el relato. Cuando vi lo pálida que estaba, hice silencio automáticamente.

–Podrían venir aquí –dijo ella una y otra vez.

La obligué a tomar un poco de vino y traté de darle calma.

–Apenas si pueden moverse –le dije.

Comencé a calmarla repitiendo todo lo que me dijera Ogilvy acerca de la imposibilidad de que los marcianos se quedaran en la Tierra. Mencioné especialmente la dificultad que presenta nuestra fuerza de gravedad. Sobre la superficie de la Tierra la atracción es tres veces mayor que sobre Marte. Entonces, los marcianos debían pesar aquí tres veces más que en su planeta, aunque fuera la misma su fuerza muscular. Esta era la opinión general. Tanto el *Times* como el *Daily Telegraph*, por ejemplo, insistieron sobre este punto la mañana siguiente. Sin embargo, ambos diarios pasaron por alto, al igual que yo, dos influencias que habrían de modificar esta situación para los visitantes.

Ahora sabemos que la atmósfera de la Tierra contiene mucho más oxígeno o mucho menos argón que la de Marte. La influencia vigorizadora de este exceso de oxígeno, sin duda, debe haber contrarrestado el efecto del aumento de peso en sus cuerpos. Además, todos olvidamos el hecho de que los marcianos poseían una particular habilidad mecánica como para no tener que hacer más esfuerzos musculares que los necesarios.

Pero yo no tuve en cuenta esos puntos entonces, y, por lo tanto, falló mi razonamiento.

Una vez que comí algo y me vi ante la necesidad de tranquilizar a mi esposa, fui teniendo más valor.

—Han cometido un error —dije—. Son peligrosos porque, seguramente, están aterrorizados. Probablemente no esperaban encontrar aquí seres vivientes y, mucho menos, seres inteligentes. Una granada en el pozo terminaría con todos ellos si fuera necesario.

La intensa excitación producida por lo vivido agudizó mis poderes perceptivos. Incluso ahora recuerdo con toda claridad todos los detalles de la mesa a la que estuve sentado. El rostro perturbado de mi esposa, contemplándome a la luz de la lámpara; el mantel blanco y el servicio de platería y cristal —en aquel entonces hasta los escritores de temas filosóficos podíamos darnos ciertos lujos—; el vino en mi copa… Todo aquello está fijamente grabado en mi memoria.

Una vez terminada la cena me puse a fumar un cigarrillo, mientras lamentaba el arrojo de Ogilvy y hacía comentarios sobre la exterminación de los marcianos.

Lo mismo habrá hecho algún habitante de una isla francesa cuando comentó la llegada de aquel barco lleno de marineros que necesitaban alimentos: "Mañana los mataremos a picotazos, querida".

En ese momento yo no lo sabía, pero aquella fue mi última cena civilizada en un período de muchos días extraños y terribles.

8
La noche del viernes

Desde mi punto de vista, lo más extraordinario de todo lo extraño y fascinante que ocurrió aquel viernes fue el encadenamiento de los hábitos comunes de nuestro orden social con los comienzos de la serie de hechos que habrían de dar por terminado aquel orden.

Si el viernes por la noche alguien hubiera trazado un círculo con un compás, a un radio de cinco millas alrededor de los arenales de Woking, dudo que se hubiera encontrado fuera de ese círculo a ningún ser humano —excepto algún pariente de Stent o de los pocos ciclistas y londinenses muertos en el campo comunal— cuyas emociones o costumbres fueran afectadas mínimamente por los visitantes del espacio.

Muchas personas habían oído sobre el cilindro y conversaban sobre ello en sus momentos de ocio; pero seguramente que el extraño objeto no produjo el impacto que habría causado un ultimátum dado a Alemania.

El telegrama que mandó Henderson a Londres describiendo la apertura del proyectil fue considerado un invento, y después de telegrafiar pidiendo que lo ratificara y no obtener respuesta, su diario decidió no imprimir una edición especial.

Dentro del radio de cinco millas la mayoría de la gente no hizo nada. Yo he descripto la conducta de los hombres y mujeres con quienes conversé. En el resto del distrito, la gente cenaba tranquilamente; los trabajadores atendían sus jardines después de su jornada laboral; los niños se iban a dormir; los jóvenes paseaban por los senderos cortejándose; los estudiantes leían sus textos.

Probablemente hubiera ciertos murmullos en las calles de la villa y un tema de conversación dominante en las tabernas. Aquí y allá aparecía un mensajero o algún testigo ocular, causando gran entusiasmo. Pero la verdad es que continuó como siempre la rutina de trabajar, comer, beber y dormir... Parecía que el planeta Marte no existía en el universo. Esto ocurría aun en la estación de Woking y en Horsell y Chobham.

En el empalme Woking, hasta muy altas horas, los trenes paraban y seguían viaje; los pasajeros descendían y subían a los vagones y todo funcionaba como de costumbre. Un muchacho de la ciudad vendía diarios con las noticias de la tarde. El ruido seco de los parachoques al chocar y el agudo silbato de las locomotoras se mezclaban con sus gritos de "Hombres de Marte".

A las nueve, llegaron a la estación unos hombres muy nerviosos con noticias increíbles y no causaron más alboroto que el que podrían haber causado algunos ebrios. La gente que viajaba hacia Londres se asomaba por las ventanillas y sólo veían algunas chispas que danzaban en el aire en dirección a Horsell, un resplandor rojizo y una nube de humo en lo alto, y pensaban que era, simplemente, un incendio entre los brezos. Sólo alrededor del campo comunal se notaba algo fuera de lugar. Había media docena de aldeas que ardían en los límites de Woking. Se veían luces en todas las casas que daban al campo y la gente permaneció despierta hasta la salida del sol.

Una multitud de curiosos se hallaba en los puentes de Chobham y de Horsell. Más tarde se supo que dos o tres individuos temerarios salieron en la oscuridad y se arrastraron hasta el pozo; pero nunca regresaron, pues, de cuando en cuando, un rayo de luz como el de un faro recorría el campo comunal, y tras de él seguía el rayo calórico. Salvo estos dos o tres infortunados, el campo estaba silencioso y desierto, y los cuerpos quemados, muertos, estuvieron tendidos allí toda la noche y todo el día siguiente. Muchos oyeron el resonar de martillos procedentes del pozo.

Así estaban las cosas la noche del viernes. En el centro, y clavado en nuestro viejo planeta como un dardo venenoso, se hallaba el cilindro. Sin embargo, el veneno no había comenzado a hacer efecto todavía. A su alrededor había una extensión de terreno que ardía en partes y en el que se veían algunos objetos oscuros en diversas posiciones. Había setos y árboles en llamas. Un poco más lejos se extendía una línea ocupada por personas capturadas por el terror, y al otro lado de esa línea no se había extendido todavía el pánico. En el resto del mundo continuaba fluyendo la vida como lo hiciera durante años. La fiebre de la guerra, que poco después habría de obstruir venas y arterias, matar nervios y destruir cerebros, no se había desarrollado aún.

Durante toda la noche estuvieron los marcianos martillando y moviéndose, infatigables, preparando sus máquinas. A veces se elevaba hacia el cielo estrellado una nube de humo verdoso.

Alrededor de las once pasó por Horsell una compañía de soldados, se desplegó por los bordes del campo comunal formando un cordón. Más tarde pasó otra compañía por Chobham y ocupó el límite norte del campo. Más temprano habían llegado allí unos cuantos oficiales del cuartel de Inkerman, lamentándose por la desaparición del mayor Edén. El coronel del regimiento llegó hasta el puente de Chobham y estuvo hasta llegada la medianoche interrogando a la multitud. Las autoridades militares habían comprendido la seriedad de la situación. Según anunciaron los diarios de la mañana siguiente, a eso de las once de la noche partieron de Aldershot un escuadrón de húsares, dos ametralladoras Maxim y unos cuatrocientos hombres del Regimiento de Cardigan.

Apenas segundos después de la medianoche, la multitud que se hallaba en el camino de Chertsey vio caer otra estrella entre los pinos del pequeño bosque que hay hacia el noroeste. Cayó con una luz verdosa y produjo un destello similar al de los relámpagos de verano. Era el segundo cilindro.

9
Comienza la lucha

El sábado ha quedado fijo en mi memoria como un día de incertidumbre. Fue también una jornada calurosa y agobiante y el termómetro fluctuó constantemente.

Aunque yo había dormido poco, mi esposa logró descansar bien. Me levanté muy temprano por la mañana y salí al jardín antes de desayunar. Oí con atención, pero del lado del campo comunal no se oía nada más que el canto de una alondra.

El lechero llegó como de costumbre. Oí el sonido de su carro y fui hacia la puerta lateral para pedirle las últimas noticias. Me comentó que, durante la noche, las tropas habían rodeado a los marcianos y se esperaban cañones.

En ese momento oí algo que me dio tranquilidad. Era el tren que iba hacia Woking.

—No van a matarlos si pueden evitarlo —dijo el lechero.

Mi vecino estaba trabajando en su jardín y me acerqué a conversar con él durante un rato. Luego, fui a desayunar. Aquella mañana no ocurrió nada excepcional. Mi vecino opinaba que las tropas podrían capturar o destruir a los marcianos durante el transcurso del día.

—Es lamentable que no quieran tratar con nosotros —observó—. Sería interesante saber cómo viven en otro planeta. Probablemente, aprenderíamos algunas cosas.

Se arrimó a la cerca y me ofreció un puñado de fresas mientras me contó que se había incendiado el bosque de pinos próximo al campo de golf de Byfleet.

—Dicen que ha caído allí otro de los proyectiles. Es el segundo. Pero con uno solo basta y sobra. Esto les costará mucho dinero a las compañías de seguros.

Se rió al decir esto y agregó que el bosque todavía estaba en llamas.

—El terreno estará muy caliente durante varios días debido a las agujas de pino –agregó. Hizo una pausa, y luego dijo, serio–: ¡Pobre Ogilvy!

Después del desayuno decidí ir hasta el campo comunal. Debajo del puente ferroviario encontré a un grupo de soldados del Cuerpo de Zapadores. Vestían pequeños gorros, unas sucias chaquetas rojas, camisas azules, pantalones oscuros y botas de media caña.

Me informaron que no estaba permitido pasar al otro lado del canal, y al mirar hacia el puente vi a uno de los soldados del Regimiento de Cardigan montando guardia allí. Estuve conversando con estos hombres durante un rato y les conté que la noche anterior había visto a los marcianos. Ellos tenían ideas muy vagas acerca de los visitantes, de modo que me interrogaron con mucho interés. Dijeron que ignoraban quién había autorizado la movilización de las tropas; opinaban que se había producido una disputa al respecto en los Guardias Montados. El zapador ordinario es mucho más culto que el soldado común y comentaron las posibilidades de la lucha en perspectiva con bastante precisión. Les describí el rayo calórico y empezaron a discutir entre ellos.

—Lo más adecuado sería arrastrarnos hasta encontrar refugio y tirotearlos –expresó uno.

—¡No! –dijo otro–. ¿Dónde puede encontrarse refugio contra ese calor? ¡Si te cocinan! Lo que tenemos que hacer es llegar lo más cerca posible y cavar una trinchera.

—¡Tú y tus trincheras! Siempre quieres construir trincheras. Ni que fueras un conejo.

—¿Es verdad que no tienen cuello? –dijo de pronto un tercero.

Repetí la descripción que les había dicho un momento antes.

—Octopus –dijo él–. Así que tendremos que combatir con peces.

—No es un crimen matar bestias así –manifestó el que había hablado primero.

—¿Por qué no los cañonean de una vez y terminan con ellos? –preguntó otro–. No se sabe lo que son capaces de hacer.

—¿Y dónde están las balas? No tenemos tiempo. No deberíamos perder un minuto más, tendríamos que atacarlos ahora mismo.

Y así continuaron discutiendo. Después de un rato me alejé y fui a la estación para comprar tantos diarios matutinos como encontrara.

No fatigaré al lector con una descripción de aquella mañana tan larga y de la aún más larga tarde. No logré ver el campo comunal, pues incluso las torres de las iglesias de Horsell y Chobham estaban ocupadas por las autoridades militares. Los soldados con quienes hablé no sabían nada: los oficiales estaban muy ocupados y no quisieron darme informes. La gente del pueblo se sentía segura otra vez ante la presencia del ejército, y supe que el hijo del cigarrero Marshall era uno de los muertos en el campo. Los soldados habían obligado a los que vivían en las afueras de Horsell a cerrar sus casas y abandonarlas.

Regresé a casa alrededor de las dos. Estaba muy cansado, pues el día era muy caluroso y pesado, y por la tarde me refresqué con un baño frío. Alrededor de las cuatro y media fui a la estación para buscar un diario vespertino, pues los de la mañana habían publicado una descripción muy poco detallada de la muerte de Stent, Henderson, Ogilvy y los otros. Pero no pude encontrar en ellos nada que no supiera.

Los marcianos no se dejaron ver para nada. Parecían estar muy ocupados en su pozo y se oían los golpes de los martillazos, y podían verse constantemente columnas de humo. Evidentemente, estaban preparándose para una lucha.

Los diarios repetían: "Se han hecho nuevas tentativas de comunicarse con ellos, mas no se obtuvo el menor éxito".

Un zapador me dijo que las señales las hacía un soldado ubicado en una zanja con una bandera atada a una vara muy larga. Los marcianos le prestaron tanta atención como la que prestaríamos nosotros a los mugidos de una vaca.

Debo confesar que la vista de todo este armamento y de los preparativos me entusiasmó en extremo. Me torné beligerante y en mi indignación derroté a los invasores de distintos modos. Volvieron a mí aquellos sueños de batalla y heroísmo que tenía durante mi infancia. En esos momentos lucía como una batalla desigual. Los marcianos parecían encontrarse totalmente indefensos en su pozo.

Alrededor de las tres comenzaron a oírse las explosiones de un cañón que estaba en Chertsey o Addlestone. Supe que estaban cañoneando el bosque de pinos donde había caído el segundo cilindro, pues querían destruirlo antes de que se abriera. Y ya a las cinco llegó a Chobham el cañón que habría de usarse contra el sitio donde estaba el primer cilindro.

Estaba tomando el té con mi esposa en la glorieta y hablaba con entusiasmo acerca de la batalla que se libraba a nuestro alrededor. Serían ya las seis de la tarde, cuando oí una detonación ahogada que venía del campo comunal. A esto siguió una descarga cerrada. Luego se oyó un violento estruendo muy cerca de nosotros que hizo temblar la tierra. Pude ver cómo las copas de los árboles que rodeaban el Colegio Oriental estallaban en grandes llamas rojas, y el campanario de la iglesia se desmoronaba hecho ruinas.

La parte superior de la torre había desaparecido por completo y los techos del colegio parecían haber sido atacados por una bomba de cien toneladas. Se resquebrajó una de nuestras chimeneas como si le hubieran dado un cañonazo, y un trozo de la misma cayó arruinando un macizo de flores que había junto a la ventana de mi estudio.

Mi esposa y yo nos quedamos atónitos. Luego pensé que la cumbre de Maybury Hill debía estar al alcance del rayo calórico ahora que no estaba el edificio del colegio en su camino.

Al comprender esto tomé a mi esposa del brazo y la llevé al camino sin darle ninguna explicación. Después llamé a la criada, diciéndole que yo mismo iría arriba a buscar el cofre que tanto pedía.

—No podemos quedarnos aquí —exclamé, y en ese mismo momento se reanudaron los disparos en el campo comunal.

—¿Pero dónde iremos? —preguntó mi esposa aterrorizada.

Por un instante estuve perplejo. Luego recordé a nuestros primos de Leatherhead.

–¡Leatherhead! –grité por sobre el lejano tronar del cañón.

Ella miró hacia la parte inferior de la cuesta. Las personas salían de sus casas para ver qué pasaba.

–¿Y cómo vamos a llegar a Leatherhead? –preguntó.

Colina abajo vi a un grupo de húsares que pasaba por debajo del puente ferroviario. Tres galoparon por los portales abiertos del Colegio Oriente; otros dos bajaron de sus caballos para correr de casa en casa.

El sol, iluminando todo con una extraña luminosidad rojo sangre, brillaba a través de las columnas de humo que se alzaban sobre los árboles.

–Quédate aquí –le dije a mi esposa–. Estarás a salvo.

Partí enseguida hacia el Perro Manchado, pues sabía que el posadero tenía un coche y un caballo. Comencé a correr al darme cuenta de que en un momento comenzarían a trasladarse todos los que se hallaran en ese lado de la colina.

Encontré al hombre en su granero y vi que no se había hecho cargo de lo que pasaba detrás de su casa. Con él estaba otro hombre, que me daba la espalda.

–Tendrá que darme una libra –decía el posadero–. Y yo no tengo a nadie que lo lleve.

–Yo le daré dos –dije por encima del hombro del desconocido.

–¿A cambio de qué?

–Y para la medianoche lo traeré de vuelta –agregué.

–¡Caramba! –exclamó el posadero–. ¿Qué apuro tiene? Estoy vendiendo mi cerdo. ¿Dos libras y me lo trae de vuelta? ¿Qué sucede aquí?

Le expliqué rápidamente que debía irme de mi casa y él me dio el vehículo en alquiler. En ese momento no me pareció tan importante que el posadero pudiera irse de la suya. Me aseguré de que me diera el coche sin demorarse, y dejándolo a cargo de mi esposa y de la criada, entré corriendo a la casa para empacar algunos objetos de valor que teníamos.

Mientras yo me ocupaba de esto, las hayas de la zona comenzaban a arder y las cercanas al camino quedaron iluminadas por una luz rojiza. Uno de los húsares llegó a la casa para advertirnos que nos fuéramos. Estaba por seguir su camino cuando yo salí con mis tesoros envueltos en un mantel.

–¿Qué novedades hay? –le grité.

Se dio vuelta para responderme: "Salen de una cosa que parece la tapa de una fuente", y continuó su camino hacia la puerta de una casa situada en la cima. Una nube de humo negro cruzó el camino y lo ocultó por un instante. Yo corrí hasta la puerta de mi vecino y llamé para convencerme de lo que ya sabía: él y su esposa habían partido para Londres, cerrando la casa hasta su regreso.

Volví a entrar para buscar el cofre de la criada, lo cargué en la parte trasera del coche y salté luego al pescante. Un momento más tarde dejábamos atrás el humo y el desorden y descendíamos por la ladera opuesta de Maybury Hill en dirección a Old Woldng.

Frente a nosotros se imponía el paisaje calmo e iluminado por el sol; a ambos lados estaba la campiña sembrada de trigo y la hostería Maybury con su cartel sobre la puerta. En la parte inferior de la cuesta me di vuelta para ver lo que dejábamos atrás. Espesas columnas de humo y llamas se alzaban en el aire, proyectando oscuras sombras sobre los árboles del este. El humo se extendía ya hacia el este y el oeste. El camino estaba salpicado de personas que corrían desesperadas hacia nosotros. Y muy levemente oímos el repiqueteo de las ametralladoras, que, finalmente, callaron. También nos llegaron las intermitentes detonaciones de los fusiles. Aparentemente, los marcianos incendiaban todo lo que había dentro del alcance del rayo calórico.

No soy muy experto en guiar caballos y tuve que prestar atención al camino. Cuando volví a mirar hacia atrás, la segunda colina ya había ocultado el humo negro. Azoté al caballo con el látigo y aflojé las riendas hasta que Woking y Send quedaron entre nosotros y el campo de batalla. Entre ambas poblaciones logré alcanzar al doctor y pasarlo.

10
Durante la tormenta

Leatherhead está a unas doce millas de Maybury Hill. El aire era puro aroma de heno cuando llegamos a las praderas de más allá de Pyrford, y en los setos que bordeaban el camino a ambos lados, crecían multitudes de rosas silvestres. Los disparos, que empezaban mientras salíamos de Maybury Hill, cesaron tan bruscamente como se iniciaron y la noche estaba ahora tranquila y silenciosa. Llegamos a Leatherhead cerca de las nueve y el caballo descansó una hora mientras yo cenaba con mis primos y les pedía que cuidaran a mi esposa.

Vi a mi esposa preocupada. Guardó silencio durante el viaje. Intenté tranquilizarla diciéndole que los marcianos estaban condenados a quedarse en el pozo porque eran muy pesados y que lo máximo que podían hacer era arrastrarse apenas unos metros fuera del agujero. Sin embargo, ella me contestó con monosílabos. De no haber sido por la promesa que había hecho al posadero, me habría obligado a quedarme con ella aquella noche. ¡Ojalá lo hubiera hecho! Recuerdo lo pálida que estaba cuando nos separamos.

Yo había estado todo ese día bajo los efectos de una gran excitación. Me dominaba algo parecido a la fiebre de la guerra, que ocasionalmente se apodera de algunas comunidades civilizadas, y en mi fuero interno no lamentaba mucho tener que volver a Maybury aquella noche. Hasta temí que los últimos disparos significaran la exterminación de los invasores. La única manera de explicar mi estado de ánimo es que deseaba participar del momento triunfal.

Eran casi las once cuando inicié el regreso. La noche se volvió muy oscura para mí, que salía de una casa iluminada, y el calor reinante era opresivo. En lo alto pasaban raudas las nubes, aunque ni un soplo de brisa agitaba los setos a nuestro alrededor. El criado de mis primos encendió las lámparas del coche. Por suerte, yo conocía muy bien el camino.

Mi esposa se quedó a la luz de la puerta y me observó hasta que subí al carruaje. Después giró sobre sus talones y entró, dejando allí a mis primos, que me desearon buen viaje.

Al comienzo me sentí un poco deprimido, pensando en los temores de mi esposa; pero pronto me puse a pensar en los marcianos. Entonces ignoraba yo la marcha de la lucha de aquella noche. Ni siquiera conocía las circunstancias que habían desatado el conflicto.

Al cruzar por Ockham vi en el horizonte occidental un resplandor rojo sangre, que al aproximarme más se fue extendiendo por el cielo. Los nubarrones de la tormenta que se acercaba se mezclaron con las masas de humo rojo y negro.

Ripley Street estaba desierto, y salvo alguna que otra ventana iluminada, la aldea no daba señales de vida; sin embargo, apenas evité un accidente en la esquina del camino de Pyrford, donde había reunido un grupo de personas que me daba la espalda.

No me dijeron nada cuando pasé. No sé lo que sabían sobre los acontecimientos del momento y tampoco sé si en esas casas silenciosas frente a las que pasé los ocupantes dormían tranquilamente o se habían ido para presenciar la noche terrorífica.

Desde Ripley hasta que pasé por Pyrford estuve en el valle del Wey y desde allí no pude ver el resplandor rojizo. Al subir la colina que hay más allá de la iglesia de Pyrford, vi de nuevo el resplandor y cómo el viento que traía la tormenta hacía temblar a los árboles de mi alrededor. Después oí dar las doce en el campanario del templo, que dejaba atrás, y luego pude divisar los contornos de Maybury Hill, con sus árboles y techos que se recortaban contra el rojo fondo del cielo.

Exactamente cuando veía esto, un resplandor verdoso iluminó el sendero, poniendo de relieve el bosque que se extendía hacia Addlestone. Sentí un tirón de las riendas y vi que las nubes se habían separado para dejar paso a un destello de fuego verdoso, que iluminó profundamente el cielo y los campos a mi izquierda. ¡Estaba cayendo la tercera estrella!

Instantáneamente se iniciaron los primeros relámpagos de la tormenta y un trueno comenzó a sonar desde lo alto. El caballo mordió el freno y comenzó a correr fuera de control.

Una colina suave corre hacia el pie de Maybury Hill, y por allí descendimos. Una vez iniciada la tormenta, el resto fue una sucesión de truenos y relámpagos. Los destellos eran cegadores y dificultó más mi situación el hecho de que empezó a caer un granizo que me golpeó la cara con fuerza.

De momento no vi más que el camino que tenía delante; pero de pronto me llamó la atención algo que se movía rápidamente por la otra cuesta de Maybury Hill. Al principio lo tomé por el techo mojado de una casa, pero uno de los relámpagos lo iluminó y pude ver que se movía bamboleándose. Fue una visión fugaz, un movimiento confuso en la oscuridad, y luego otro relámpago volvió a brillar y pude ver el objeto con perfecta claridad.

¿Cómo podría describirlo? Era un trípode monstruoso, más alto que muchas casas, y que pasaba sobre los pinos y los aplastaba en su carrera; una máquina andante de metal reluciente, que avanzaba ahora por entre los brezos; de la misma colgaban cuerdas de acero articuladas y el ruido tumultuoso de su andar se mezclaba con el rugido de los truenos.

Un relámpago, y se destacó vividamente, con dos pies en el aire, para desvanecerse y reaparecer casi instantáneamente cien metros más adelante cuando brilló el siguiente relámpago. ¿Puede el lector imaginar un gigantesco banco de ordeñar que marche rápidamente por el campo? Tal fue la impresión que tuve en esos momentos.

Súbitamente se apartaron los árboles del bosque que tenía delante. Fueron arrancados y arrojados a cierta distancia y después apareció otro enorme trípode, que corría directamente hacia mí.

Al ver al segundo monstruo perdí por completo el valor. Sin lanzar otra mirada desvié el caballo hacia la derecha y un momento después volcaba el coche. Las varas se rompieron ruidosamente y yo me vi arrojado hacia un charco lleno de agua.

Salí del charco casi inmediatamente y me quedé agazapado detrás de un matorral. El caballo yacía muerto y a la luz de los relámpagos vi el coche volcado y la silueta de una rueda que giraba con lentitud. Un momento después pasó por mi lado el mecanismo colosal y siguió cuesta arriba en dirección a Pyrford.

Visto de más cerca, el artefacto resultaba increíblemente extraño, pues noté entonces que no era un simple aparato que marchara a ciegas. Era, sí, una máquina y resonaba metálicamente al avanzar, mientras que sus largos tentáculos flexibles (uno de los cuales asía el tronco de un pino) se mecían a sus costados.

Iba eligiendo su camino al avanzar y el capuchón color de bronce que la remataba se movía de un lado a otro como si fuera una cabeza que se volviera para mirar a su alrededor. Detrás del cuerpo principal había un objeto enorme de metal blanco, como un gigantesco canasto de pescador, y un humo verdoso salía de las uniones de los miembros al andar el monstruo. Un momento después desapareció de mi vista.

Esto es lo que vi entonces y fue todo muy vago e impreciso.

Al pasar lanzó un aullido ensordecedor, que ahogó el retumbar de los truenos. Sonaba como: "¡Alú! ¡Alú!". Un momento más tarde estaba con su compañero, a media milla de distancia, y agachándose sobre algo que había en el campo. Estoy seguro de que ese objeto al que prestaron su atención era el tercero de los diez cilindros que dispararon contra nosotros desde Marte.

Durante varios minutos estuve allí agazapado, observando a la luz intermitente de los relámpagos a aquellos seres monstruosos que se movían a distancia. Comenzaba a caer una llovizna fina y debido a esto noté que sus figuras desaparecían por momentos para reaparecer luego. De cuando en cuando cesaban los destellos en el cielo y la noche volvía a tragarlos.

Estaba yo completamente empapado y pasó largo rato antes que mi asombro me permitiera reaccionar lo suficiente como para subir a terreno más alto y seco.

No muy lejos de mí vi una choza rodeada por un huerto de patatas. Corrí hacia ella en busca de refugio y llamé a la puerta, mas no obtuve respuesta alguna. Desistí entonces, y aprovechando la zanja al costado del camino logré alejarme sin que me vieran los monstruos y llegar al bosque de pinos.

Protegido ya entre los árboles continué andando en dirección a mi casa. Reinaba allí una oscuridad completa, pues los relámpagos eran ahora mucho menos frecuentes, y la lluvia, que caía a torrentes, formaba una cortina a mi alrededor.

Si hubiera comprendido el significado de todo lo que acababa de ver, de inmediato me hubiese vuelto por Byflett hasta Street Cobham y de allí a Leatherhead a unirme con mi esposa.

Tenía la vaga idea de ir a mi casa y eso fue todo lo que me interesó. Anduve a tropezones por entre los árboles, caí en una zanja y me golpeé contra las tablas para llegar, finalmente, al caminito del College Arms.

En medio de la oscuridad se tropezó conmigo un hombre y me hizo retroceder. El pobre individuo profirió un grito de terror, saltó hacia un costado y echó a correr antes de que me recobrase yo lo suficiente como para dirigirle la palabra. Tan fuerte era la tormenta, que me costó muchísimo ascender la cuesta. Me acerqué a la cerca de la izquierda y fui agarrándome a los postes para poder subir.

Cercano a la cima tropecé con algo blando y gracias a la luz de un relámpago, pude ver entre mis pies un trozo de tela y un par de zapatos. Antes de que pudiera percibir bien cómo estaba tendido el hombre, volvió a gobernar la oscuridad.

Me quedé parado sobre él esperando el relámpago siguiente. Cuando la luz apareció de nuevo vi que era un hombre fornido que tenía vestimentas pobres; tenía la cabeza bajo el cuerpo, doblada, y estaba tendido al lado de la cerca, como si hubiera sido lanzado hacia ella con muchísima violencia.

Tuve que vencer la repugnancia pues nunca había tocado un cadáver, me agaché y lo di vuelta para tocarle el pecho. Estaba muerto. Parecía haberse desnucado.

Volvió a brillar el relámpago y al verle la cara me levanté de un salto. Era el posadero del Perro Manchado, a quien le había alquilado el coche.

Pasé sobre él y seguí cuesta arriba, pasando por la comisaría y el College Arms para ir hacia mi casa. En la ladera nada ardía, aunque sobre el campo comunal todavía se veía el resplandor rojizo y las nubes espesas de humo. A la luz de los relámpagos, la mayoría de las casas de los alrededores parecían intactas. Cerca del College Arms encontré un bulto negro tirado en medio del camino.

Camino abajo, en dirección al puente de Maybury, se oían voces y pasos, pero no tuve el valor de gritar para atraer su atención. Entré en mi casa, cerré con llave la puerta, avancé temblando hasta el pie de la escalera y me senté en un escalón. No podía dejar de pensar en los monstruos metálicos y en el cadáver incrustado en la cerca.

Me acurruqué allí, con la espalda contra la pared, y me estremecí con violencia.

11
Desde la ventana

Ya he aclarado que mis emociones suelen agotarse por sí solas. Al rato descubrí que estaba mojado y tenía frío, y que a mis pies se habían formado charcos de agua. Me puse de pie casi mecánicamente, entré en el comedor para beber un poco de whisky y luego fui a cambiarme de ropa.

Después subí a mi estudio, sin saber por qué fui allí. Desde la ventana se puede ver el campo comunal de Horsell sobre los árboles y el ferrocarril. En el apuro de nuestra huida la habíamos dejado abierta. Al llegar a la puerta miré con atención la escena enmarcada en la ventana.

La tormenta había pasado. Ya no estaban las torres del Colegio Oriental ni los pinos que las rodeaban, y muy lejos, iluminado por un resplandor rojizo, se veía a la perfección el campo que rodeaba a los arenales. Extrañas y enormes formas negras se movían sobre el fondo luminoso.

Lo cierto es que parecía como si toda la región de aquel lado estuviera incendiándose y las llamas se movían bruscamente por las ráfagas de viento y proyectaban su luminosidad sobre las nubes. De tanto en tanto cruzaba frente a la ventana una columna de humo, que ocultaba a los marcianos. No pude verlos a ellos con claridad ni tampoco pude ver lo que hacían, como tampoco me pude reconocer los objetos negros con que trabajaban.

Cerré suavemente la puerta y avancé hasta la ventana. Así amplié mi campo visual hasta que por un lado pude percibir las casas de Woking, y del otro, los bosques ennegrecidos de Byfleet. Había una luz cerca del arco del ferrocarril y muchas casas del camino de Maybury y de las calles cercanas a la estación estaban en ruinas. Al principio lo que vi en los rieles me produjo intriga, pues era un rectángulo negro y un resplandor muy vívido, así como también una hilera de rectángulos amarillentos. Luego entendí que era un tren volcado, con su parte anterior destrozada y en llamas, y sus vagones posteriores todavía sobre las vías.

Entre estos tres centros principales de luz, la casa, el tren y el campo incendiado en dirección a Chobham, se extendían trechos irregulares de lugares oscuros, interrumpidos aquí y allá por los rescoldos de los brezos aún humeantes.

Al principio no puede ver a ningún ser humano, aunque agucé la vista en todo momento. Más tarde vi contra la luz de la estación Woking un número de figuras negras que corrían una tras otra.

¡Y éste era el pequeño mundo en el que había vivido tranquilamente durante años! ¡Este caos de muerte y fuego! Aún ignoraba lo ocurrido en las últimas siete horas y no conocía, aunque ya comenzaba a sospecharlo, qué relación había entre esos colosos mecánicos y los torpes seres que viera salir del cilindro.

Con una extraña impresión de interés objetivo volví mi sillón hacia la ventana, tomé asiento y me puse a mirar hacia el exterior, fijándome especialmente en los tres gigantes negros que iban de un lado a otro entre el resplandor que iluminaba los arenales.

Parecían estar notablemente ocupados y me pregunté qué serían. ¿Mecanismos inteligentes? Me dije que tal cosa era imposible. ¿O habría un marciano dentro de cada uno, dirigiendo al gigante tal como el cerebro de un hombre dirige el cuerpo? Comencé a comparar los colosos con las máquinas construidas por los hombres, y me pregunté, por primera vez en mi vida, a qué animal se parecerían nuestros acorazados o nuestras locomotoras.

Ya se había aclarado el cielo al descargarse la tormenta y sobre el humo que se elevaba de la tierra ardiente podía verse el punto luminoso de Marte que declinaba hacia occidente. En ese momento entró un soldado en mi jardín. Oí un ruido en la cerca y, saliendo de mi abstracción, miré hacia abajo y lo vi trepar sobre las tablas. Al ver a otro ser humano salí de mi letargo y me incliné sobre el alféizar.

–¡Oiga! –llamé en voz baja.

El otro se detuvo sobre la cerca. Luego pasó al jardín y cruzó hacia la casa.

—¿Quién es? —dijo en tono quedo, y miró hacia la ventana.

—¿Dónde va usted? —le pregunté.

—Sólo Dios lo sabe.

—¿Quiere esconderse?

—Así es.

—Entre entonces —le dije.

Bajé, abrí la puerta, le hice pasar y volví a echar la llave. No pude verle la cara. No llevaba gorra y tenía la chaqueta abierta.

—¡Dios mío! —exclamó al entrar.

—¿Qué pasó?

—Pregúnteme qué es lo que no pasó —dijo, y vi en la penumbra que hacía un gesto de desesperación—. Nos barrieron por completo.

Repitió esta última frase una y otra vez.

Me siguió luego hacia el comedor.

—Tome un poco de whisky —le dije sirviéndole una copa llena.

La bebió de un sorbo y se sentó a la mesa. Poniendo la cabeza sobre los brazos rompió a llorar como un niño, mientras que yo, olvidando mi desesperación reciente, le miraba sorprendido.

Pasó largo rato antes que pudiera calmar sus nervios y responder a mis preguntas, y entonces me contestó de manera entrecortada y en tono perplejo. Era artillero y había entrado en acción a eso de las siete. A esa hora ya se efectuaban disparos en el campo comunal y se decía que el primer grupo de marcianos se arrastraba lentamente hacia el segundo cilindro protegiéndose bajo un caparazón de metal.

Algo más tarde, el caparazón se paró sobre sus patas a manera de trípode y se convirtió en la primera de las máquinas que viera yo. El cañón que servía el soldado quedó ubicado cerca de Horsell, a fin de dominar con él los arenales, y su llegada había precipitado los acontecimientos. Cuando los artilleros se disponían a entrar en funciones, su caballo metió una pata en una conejera y lo arrojó a una depresión del terreno. Al mismo tiempo estalló el cañón a sus espaldas, volaron las municiones y lo rodeó el fuego, mientras que él se encontró tendido bajo un montón de hombres y caballos muertos.

–Me quedé quieto –manifestó–. El miedo me había atontado y tenía encima el cuarto delantero de un caballo. Nos habían barrido por completo. El olor… ¡Dios mío! Era como de carne asada. La caída me lastimó la espalda y tuve que quedarme tendido hasta que se me pasó el dolor. Un momento antes habíamos estado como en un desfile y de pronto se fue todo al demonio.

Se había escondido debajo del caballo muerto durante largo tiempo, espiando de cuando en cuando. Los soldados del cuerpo de Cardigan habían intentado efectuar una avanzada en formación de escaramuza, pero fueron exterminados todos desde el pozo. Luego se levantó el monstruo y comenzó a caminar lentamente de un lado a otro del campo comunal, entre los pocos sobrevivientes, dando vuelta el capuchón tal como si fuera la cabeza de un ser humano. En uno de sus tentáculos metálicos llevaba un complicado aparato del que salían destellos verdosos y por cuyo tubo proyectaba el rayo calórico.

Según me contó el soldado, en pocos minutos no quedó un alma viviente en el campo y todos los matorrales y árboles que no estaban ya quemados se convirtieron en una pira ardiente. Los húsares se hallaban tras una curva del camino y no los vio. Oyó durante un rato el tableteo de las ametralladoras, pero luego cesaron los disparos. El gigante dejó para el final la estación Woking y las casas que la rodeaban. Entonces proyectó su rayo calórico y la aldea se convirtió en un montón de ruinas llameantes. Después dio la espalda al artillero y se fue hacia el bosque de pinos, en que se hallaba el segundo cilindro. Un segundo gigante salió entonces del pozo y siguió al primero.

El artillero se arrastró por los brezos calientes en dirección a Horsell, logró llegar con vida hasta la zanja que bordea el camino y así consiguió escapar de Woking. Me explicó que allí quedaban algunos hombres con vida, muchos de ellos con quemaduras y todos aterrorizados. El fuego le obligó a dar un rodeo y tuvo que esconderse entre los restos recalentados de una pared al volver uno de los marcianos. Vio que el monstruo perseguía a un hombre, lo tomaba con uno de sus tentáculos metálicos y le destrozaba la cabeza contra un árbol. Al fin, después de que cayó la noche, el artillero echó a correr y pudo cruzar el terraplén ferroviario.

Desde entonces estuvo caminando hacia Maybury con la esperanza de escapar del peligro y dirigirse a Londres. La gente se ocultaba en zanjas y sótanos y muchos de los sobrevivientes habíanse ido a Woking y Send. La sed le hizo sufrir mucho hasta que halló un caño de agua corriente que estaba roto y del cual salía el líquido como de un manantial.

Esto fue lo que me contó por fragmentos. Mientras me relataba su historia, el artillero se iba calmando. Desde el mediodía que no comía nada, así que fui a buscar un poco de carne y pan a la alacena y puse todo sobre la mesa.

No encendimos la luz porque temíamos atraer a los marcianos, así que preferimos comer a oscuras. Mientras él hablaba comenzaron a disiparse las sombras y poco a poco pudimos distinguir los setos pisoteados y los rosales en ruinas del jardín. Parecía que un número de hombres o animales había cruzado el lugar a la carrera. Me fue posible ver el rostro ennegrecido y macilento de mi compañero.

Cuando terminamos de comer subimos a mi estudio y de nuevo miré yo por la ventana. En sólo una noche, el valle se había convertido en un campo de cenizas. Los fuegos ya no ardían tanto. Donde antes había llamas ahora se veían columnas de humo; y las ruinas de casas derruidas y árboles arrancados y consumidos por las llamas, antes ocultos por las sombras de la noche, ahora se mostraban terribles a la cruel luz del amanecer. Sin embargo, podían encontrarse algunas cosas que habían logrado escapar de la destrucción: una señal ferroviaria por aquí, el extremo de un invernadero por allá. Jamás en la historia de la guerra había habido semejante destrucción. Y brillando a la luz del oriente vi a tres de los gigantes metálicos parados cerca del pozo, con sus capuchones rotando como si inspeccionaran la desolación que habían causado.

El pozo parecía haberse agrandado y a cada rato salía del interior una nube de vapor verde que se elevaba hacia el cielo.

Más lejos se destacaban las llamas que venían de Chobham, que se convirtieron en grandes nubes de humo teñidas de rojo con las primeras luces del alba.

12
La destrucción de Weybridge y Sheppertor

Al crecer la luz del día, nos alejamos de la ventana, desde la que habíamos observado a los marcianos, y fuimos a la planta baja.

El artillero y yo acordamos que no era conveniente permanecer en la casa. Tenía pensado seguir viaje hacia Londres y unirse de nuevo a su batería, que era la número doce de la Artillería Montada. Yo me proponía regresar de inmediato a Leatherhead, y me había impresionado tanto el poder destructivo de los marcianos, que decidí llevar a mi esposa a Newhaven y salir con ella del país. Ya podía percibir que la región cercana a Londres iba a ser por la fuerza el escenario de una gran guerra antes de que se pudiera terminar con los monstruos.

Pero entre nosotros y Leatherhead se hallaba el tercer cilindro con los gigantes que lo protegían. Si hubiera estado solo, creo que hubiera corrido el riesgo de cruzar por allí. Pero el artillero me disuadió.

—No estaría bien que dejara viuda a su esposa —me dijo.

Al fin accedí a ir con él por entre los bosques hasta Street Chobham. Allí nos separaríamos. Desde allí trataría yo de dar un rodeo por Epsom hasta llegar a Leatherhead.

Tendría que haberme ido enseguida; pero mi compañero era hábil en esas cosas y me hizo buscar un frasco para llenarlo de whisky. Después nos llenamos los bolsillos con bizcochos y trozos de carne.

Finalmente, salimos de la casa y corrimos lo más rápidamente posible por el camino que yo mismo había recorrido durante la noche. Las casas parecían abandonadas. En el camino vimos tres cadáveres quemados por el rayo calórico y por todas partes encontramos cosas que había dejado caer la gente en su huida: un reloj, una chinela, una cuchara de plata y otros objetos de ese tipo. En la esquina del correo había un carro con una rueda rota y cargado de cajas y muebles. Entre los restos descubrimos una caja para guardar dinero que había sido forzada.

A excepción del orfanato, que aún estaba en llamas, ninguna de las casas había sufrido mucho en esa parte. El rayo calórico había tocado la parte superior de las chimeneas y pasado de largo. Pero, salvo nosotros, no parecía haber un alma viviente en Maybury Hill. La mayoría de los habitantes habían huido o estaban ocultos.

Descendimos por el sendero, pasando junto al cuerpo del hombre vestido de negro y empapado ahora a causa de la lluvia de la noche. Al fin entramos en el bosque al pie de la cuesta. Por allí avanzamos hasta el ferrocarril sin encontrar a nadie. El bosque del otro lado de los rieles estaba en ruinas: la mayoría de los árboles habían caído, aunque aún quedaban algunos que elevaban hacia el cielo sus troncos desnudos y ennegrecidos.

Por nuestro lado, el fuego no había hecho más que chamuscar los árboles más próximos sin extenderse mucho. En un sitio vimos que los leñadores habían estado trabajando el sábado; en un claro había troncos aserrados formando pilas, así como también una sierra con su máquina de vapor. No muy lejos se veía una choza improvisada.

No soplaba viento aquella mañana y reinaba un silencio extraordinario. Hasta los pájaros callaban, y nosotros, al avanzar, hablábamos en voz muy baja, mirando a cada momento sobre nuestros hombros. Una o dos veces nos detuvimos para escuchar.

Al cabo de un tiempo nos acercamos al camino y oímos ruido de cascos. Vimos entonces por entre los árboles a tres soldados de caballería que cabalgaban lentamente hacia Woking. Los llamamos y se detuvieron para esperarnos. Eran un teniente y dos reclutas del octavo de húsares, que llevaban un heliógrafo.

—Son ustedes los primeros hombres que vemos por aquí esta mañana —expresó el teniente—. ¿Qué pasa?

Su voz y su expresión denotaban entusiasmo. Los dos soldados miraban con curiosidad. El artillero saltó al camino y se cuadró militarmente.

—Anoche quedó destruido nuestro cañón, señor. Yo me estuve ocultando y ahora iba en busca de mi batería. Creo que avistará a los marcianos a media milla de aquí.

—¿Qué aspecto tienen? —inquirió el teniente.

—Son gigantes con armaduras, señor. Miden treinta metros; tienen tres patas y un cuerpo como de aluminio, con una gran cabeza cubierta por una especie de capuchón.

—¡Vamos, vamos! —exclamó el oficial—. ¡Qué tontería!

—Ya verá usted, señor. Llevan una caja que dispara fuego y mata a todo el mundo.

—¿Un arma de fuego?

—No, señor —repuso el artillero, y describió vívidamente el rayo calórico.

El teniente le interrumpió en mitad de su explicación y me dirigió una mirada. Yo me hallaba todavía a un costado del camino.

—¿Lo vio usted? —me preguntó el oficial.

—Es la verdad —contesté.

—Bien, supongo que también tendré que verlo yo —volvióse hacia el artillero—. Nosotros tenemos orden de hacer salir a la gente de sus casas. Siga usted su camino y preséntese al brigadier general Marvin. Dígale a él todo lo que sabe. Está en Weybridge. ¿Conoce el camino?

—Lo conozco yo —intervine. Él volvió de nuevo su caballo hacia el sur.

—¿Media milla dijo? —preguntó.

—Más o menos —le indiqué hacia el sur con la mano.

Él me dio las gracias, partió con sus soldados y no volvimos a verlos más.

Algo más adelante nos encontramos en el camino con un grupo de tres mujeres y dos niños, que estaban desocupando una casucha. Habíanse provisto de un carrito de mano y lo cargaban con toda clase de atados y muebles viejos. Estaban demasiado atareados para dirigirnos la palabra cuando pasamos. Cerca de la estación Byfleet salimos de entre los pinos y vimos que reinaba la calma en la campiña. Estábamos muy lejos del alcance del rayo calórico, y de no haber sido por las casas abandonadas y el

grupo de soldados de pie en el puente ferroviario, el día nos habría parecido corno cualquier otro domingo.

Varios carros avanzaban rechinantes por el camino de Addlestone, y de pronto vimos por un portón que daba a un campo seis cañones de doce libras situados a igual distancia uno de otro y apuntando hacia Woking. Los artilleros estaban esperando junto a los cañones y los carros de municiones se hallaban a poca distancia de ellos.

—Así me gusta —dije—. Por lo menos, harán blanco una vez. El artillero se paró un momento junto al portón.

—Seguiré viaje —dijo.

Más adelante, en camino hacia Weybridge y al otro lado del puente, había un número de reclutas que estaban haciendo un largo terraplén, tras del cual vimos más cañones.

—Arcos y flechas contra el rayo —comentó el artillero—. Todavía no he visto ese rayo de fuego.

Los oficiales que no estaban ocupados miraban hacia el sur con atención y los soldados interrumpían a veces su labor para mirar en la misma dirección.

En Byfleet reinaba el mayor desorden. La gente empacaba sus efectos, y una veintena de húsares, algunos desmontados y otros a caballo, llamaban a las puertas para advertir a todos que desocuparan sus casas. En la calle de la villa estaban cargando tres o cuatro carretones del gobierno y un viejo ómnibus, así como también otros vehículos. Había mucha gente y la mayor parte vestía sus ropas domingueras. A los soldados les costaba mucho hacerles comprender la gravedad de la situación. Vimos a un anciano con una enorme caja y una veintena o más de tiestos de orquídeas. El viejo reñía al cabo que se negaba a cargar sus tesoros. Yo me detuve y le tomé del brazo.

—¿Sabe lo que hay allá? —le dije indicando hacia los pinos que ocultaban a los marcianos.

—¿Eh? —exclamó volviéndose—. Estaba explicando al cabo que estas flores son valiosas.

—¡La muerte! —le grité—. ¡Llega la muerte! ¡La muerte!

Y dejándole que lo entendiera, si le era posible, seguí tras del artillero. Al llegar a la esquina volví la cabeza. El soldado habíase apartado y el anciano seguía junto a sus orquídeas, mientras que miraba perplejo hacia los árboles.

En Weybridge nadie pudo decirnos dónde estaba el cuartel general. En el pueblo reinaba la mayor confusión. Por todas partes se veían vehículos de lo más variados. Los habitantes del lugar empacaban sus cosas con la ayuda de la gente del río. Mientras tanto, el vicario celebraba una misa temprana y su campana se hacía oír a cada momento.

El artillero y yo nos sentamos junto a la fuente y comimos lo que llevábamos encima. Patrullas de granaderos vestidos de blanco advertían al pueblo que se fueran o se refugiaran en sus sótanos tan pronto como comenzaran los disparos.

Al cruzar el puente ferroviario vimos que se había reunido gran cantidad de personas en la estación y sus alrededores y el andén estaba atestado de cajas y paquetes. Creo que se había detenido el tránsito ordinario de trenes para dar paso a las tropas y cañones de Chertsey. Después me enteré que se libró una verdadera batalla para conseguir entrar en los trenes especiales que salieron algo más tarde.

Nos quedamos en Weybridge hasta el mediodía y a esa hora nos encontramos en el lugar próximo a Shepperton Lock, donde se unen el Wey y el Támesis. Parte del tiempo lo pasamos ayudando a dos ancianas a cargar un carro de mano.

La desembocadura del Wey es triple y en ese punto se pueden alquilar embarcaciones. Además, había un transbordador al otro lado del río. Sobre la margen que da a Shepperton había una posada, y algo más allá se elevaba la torre de la iglesia de Shepperton.

Allí encontramos una ruidosa multitud de fugitivos. La huida no se había convertido todavía en pánico; pero vimos ya mucha más gente de la que podía cruzar en las embarcaciones. Muchos llegaban cargados con pesados fardos; hasta vimos a un matrimonio llevando entre ambos la puerta de un excusado en la que habían apilado sus posesiones. Un hombre nos dijo que pensaba irse desde la estación Shepperton.

Oíanse muchos gritos y algunos hasta bromeaban. Todos parecían tener la idea de que los marcianos eran simplemente seres humanos formidables que podrían atacar y saquear la población, pero que al fin serían exterminados. A cada momento miraban algunos hacia la campiña de Chertsey, pero por ese lado reinaba la calma.

Al otro lado del Támesis, excepto en los lugares donde llegaban las embarcaciones, todo estaba tranquilo, lo cual contrastaba con la margen de Surrey. Los que desembarcaban allí se iban andando por el camino. El transbordador acababa de hacer uno de sus viajes. Tres soldados se hallaban en el prado bromeando con los fugitivos sin ofrecerles la menor ayuda. La hostería estaba cerrada debido a la hora.

—¿Qué es eso? —gritó de pronto un botero.

En ese momento se repitió el sonido procedente de Chertsey. Era el estampido lejano de un cañonazo.

Comenzaba la lucha. Casi inmediatamente empezaron a disparar una tras otra las baterías ocultas detrás de los árboles. Una mujer lanzó un grito y todos se inmovilizaron ante la iniciación de las hostilidades. No se veía nada, salvo la campiña y las vacas que pastaban en las cercanías.

—Los soldados los detendrán —expresó en tono dubitativo una mujer que se hallaba próxima a mí.

Sobre los árboles se elevaba una especie de neblina.

De pronto vimos una gran columna de humo hacia la parte superior del río, e inmediatamente tembló el suelo a nuestros pies y se oyó una terrible explosión, cuyas vibraciones hicieron añicos dos o tres ventanas de las casas vecinas.

—¡Allí están! —gritó un hombre de azul—. ¡Allá! ¿No los ven?

Aparecieron uno tras otro cuatro marcianos con sus armaduras, al otro lado de los árboles que bordeaban el prado de Chertsey. Iban caminando rápidamente hacia el río. Al principio parecían figuras pequeñas que avanzaban con paso bamboleante y tan raudo como el vuelo de un pájaro.

Luego apareció el quinto, que avanzaba en línea oblicua hacia nosotros. Sus gigantescos cuerpos relucían a la luz del sol al avanzar hacia los cañones, tornándose cada vez más grandes a medida que se aproximaban. El más lejano blandía una enorme caja, y el espantoso rayo calórico, que ya viera yo en acción el viernes por la noche, partió hacia Chertsey y dio de lleno en la villa.

Al ver aquellas criaturas extrañas y terribles, la multitud que se encontraba a orillas del agua se quedó paralizada de horror. Por un momento reinó el silencio. Después se oyó un ronco murmullo y un movimiento de pies, así como un chapoteo en el agua. Un hombre, demasiado asustado para soltar el bulto que llevaba, se volvió y me hizo temblar al golpearme con su carga. Una mujer me dio un empellón y pasó corriendo por mi lado. Yo también me volví con todos, mas no era tan grande mi terror como para impedirme pensar. Tenía en cuenta el mortífero rayo calórico. La solución era meterse bajo el agua.

—¡Al agua! —grité sin que me prestaran atención. Me volví de nuevo y eché a correr hacia el marciano que se aproximaba y me arrojé al agua. Otros hicieron lo mismo. Todo el pasaje de una embarcación que volvía saltó hacia nosotros cuando pasé yo corriendo. Las piedras a mis pies eran muy resbaladizas y el río estaba tan bajo que corrí por espacio de seis metros sin hundirme más que hasta la cintura.

Luego, cuando el marciano se hallaba apenas a doscientos metros de distancia, me introduje bajo la superficie. En mis oídos resonaron como truenos los chapoteos de los otros que se lanzaron al río desde ambas orillas.

Pero el monstruo marciano nos prestó entonces tanta atención como la que hubiera otorgado un hombre a las hormigas del hormiguero cuyo pie ha destrozado. Cuando volví a sacar la cabeza del agua, el capuchón del gigante mecánico apuntaba hacia las baterías, que continuaban haciendo fuego desde el otro lado del río, y al avanzar puso en funcionamiento lo que debe haber sido el generador del rayo calórico.

Un momento después estaba en la orilla y de un paso salvó la mitad de la anchura del río. Las rodillas de sus dos patas delanteras se doblaron en la otra margen y después se volvió a erguir en toda su estatura, cerca ya de la villa de Shepperton. Entonces dispararon simultáneamente los seis cañones que estaban ocultos tras los últimos edificios de la aldea.

Las súbitas detonaciones casi paralizaron mi corazón. El monstruo levantaba ya la caja del rayo calórico cuando la primera granada estalló seis metros más arriba del capuchón.

Lancé un grito de asombro. Vi a los otros marcianos, mas no les presté atención. Lo que me interesaba era el incidente más próximo. Simultáneamente estallaron otras dos granadas cerca del cuerpo en el momento en que el capuchón se volvía para ver la cuarta granada, que no pudo esquivar.

El proyectil hizo explosión en la misma cara del monstruo. El capuchón pareció hincharse y voló en numerosos fragmentos de carne roja y metal reluciente.

—¡Hizo blanco! —grité yo con entusiasmo.

Oí los gritos de júbilo de los que me rodeaban y en ese momento hubiera saltado del agua a causa de la alegría.

El coloso decapitado se tambaleó como un gigante ebrio, mas no cayó. Por milagro recobró el equilibrio y, sin saber ya por dónde iba, avanzó rápidamente hacia Shepperton con la caja del rayo calórico sostenida en alto.

La inteligencia viviente, el marciano que ocupaba el capuchón, estaba muerto y hecho trizas, y el monstruo no era ahora más que un complicado aparato de metal que iba hacia su destrucción. Adelantóse en línea recta, incapaz de guiarse; tropezó con la torre de la iglesia, derribándola con la fuerza de su impulso; se desvió a un costado, siguió andando y cayó, al fin, con tremendo estrépito, en las aguas del río.

Una violenta explosión hizo temblar la tierra, y un manantial de agua, vapor, barro y metal destrozado voló hacia el cielo. Al caer en el río la caja del rayo calórico, el agua se había convertido en seguida en vapor. Un momento después avanzó río arriba una tremenda ola de agua casi hirviente. Vi a la gente que trataba de alcanzar la costa y oí sus gritos por el tremendo ruido causado por la caída del marciano.

Por un instante no presté atención al agua caliente y olvidé que debía tratar de salvarme. Avancé a saltos por el río, apartando de mi paso a un hombre, y llegué hasta la curva. Desde allí vi una docena de botes abandonados que se mecían violentamente sobre las olas. El marciano yacía de través en el río y estaba sumergido casi por entero. Espesas nubes de vapor se levantaban de los restos, y por entre ellas pude ver vagamente las piernas gigantescas que golpeaban el agua y hacían volar el barro por el aire. Los tentáculos se movían y golpeaban como brazos de un ser viviente y, salvo por lo incierto de estos movimientos, era como si un ser herido se debatiera entre las olas esforzándose por salvar la vida. Enormes cantidades de un fluido color castaño salían a chorros de la máquina.

Desvió entonces mi atención un sonido agudo semejante al de una sirena. Un hombre que se hallaba cerca me gritó algo y señaló con la mano. Al mirar hacia atrás vi a los otros marcianos que avanzaban con trancos gigantescos por la orilla del río desde la dirección de Chertsey. Los cañones de Shepperton volvieron a funcionar, pero esta vez sin hacer ningún blanco.

Al ver esto volví a meterme de nuevo en el agua y, conteniendo la respiración lo más que pude, avancé por debajo de la superficie hasta que ya no pude más. El agua se agitaba a mi alrededor y cada vez se tornaba más caliente.

Cuando levanté la cabeza para poder respirar y me quité el agua y los cabellos de los ojos, el vapor se elevaba como una niebla blanca, que ocultó al principio a los marcianos. El ruido era ensordecedor. Después los vi vagamente. Eran colosales figuras grises, magnificadas por la neblina. Habían pasado junto a mí y dos de ellos se estaban agachando junto a los restos de su compañero.

El tercero y el cuarto se hallaban parados junto a ellos en el agua, uno a doscientos metros de donde estaba yo, y el otro, hacia Laleham. Elevaban los generadores del rayo calórico y con él arrasaban los alrededores.

A mi alrededor reinaba un caos de ruidos ensordecedores: el metálico proveniente de los marcianos, el estrépito de casas que caían, el golpe sordo de los árboles al dar en tierra y el crujir y bramar de las llamas. Un denso humo negro se mezclaba ahora con el vapor que venía del río, y al moverse el rayo calórico sobre Neybridge, su paso era marcado por relámpagos de luz blanca que dejaba una estela de llamaradas. Las casas más cercanas seguían intactas, esperando su anunciado fin, mientras que, tras ellas, de un lado a otro se paseaba el fuego.

Me quedé allí por unos minutos, con el agua casi hirviente hasta la altura del pecho, me sentía aturdido y sin esperanzas de poder salvarme. Entre los cañaverales, la gente salía del agua, como ranas que escaparan ante el avance del hombre.

Y, de pronto, el resplandor del rayo calórico saltó hacia mí. Las casas se desplomaban bajo sus efectos; los árboles se incendiaban instantáneamente. Corrió de un lado a otro por el pequeño camino, tocando a los fugitivos y llegando al borde del agua, a menos de cincuenta metros de donde yo me encontraba. Cruzó el río hacia Shepperton y el agua se elevó en una columna de vapor ante su paso. Yo me volví hacia la costa.

Al momento, una ola enorme de agua en ebullición vino hacia mí. Lancé un grito de dolor, y quemándome, enceguecido y aturdido avancé tambaleándome por el hirviente líquido hacia la orilla. Si hubiera tropezado, habría muerto allí mismo. Prácticamente indefenso, a la vista de los marcianos, sobre el cabo desnudo que indica la unión del Wey y el Támesis. Simplemente, esperaba la muerte.

Tengo el recuerdo vago de que el pie de un marciano se asentó a veinte metros de mi cabeza, clavándose en la arena, girando hacia uno y otro lado, y levantándose de nuevo. Hubo un momento de suspenso; después cargaron los cuatro los restos de su camarada y se alejaron, finalmente, por entre el humo para perderse en la distancia.

Entonces, poco a poco, fui dándome cuenta de que había escapado por un milagro.

13
Mi encuentro con el cura

Luego de esta inesperada y breve lección sobre el poder de las armas terrestres, los marcianos se retiraron a su posición original del campo comunal de Horsell, y en su apuro, y cargados como iban con los restos de su compañero, dejaron de ver a muchos hombres que se encontraban en la misma situación que yo.

De haber dejado al gigante destruido y continuado su marcha hacia adelante, no habrían encontrado entonces nada que les impidiera llegar hasta Londres y seguramente hubiesen llegado a la capital mucho antes de que supieran de su cercanía. Su ataque habría sido tan inesperado y destructivo como el terremoto que arrasó con Lisboa hace ya un siglo.

Pero no tenían apuro. Un cilindro seguía a otro en su viaje interplanetario; cada veinticuatro horas recibían refuerzos. Y, mientras tanto, las autoridades militares y navales, a sabiendas ya del terrible poder de sus enemigos, trabajaban con incansable energía. A cada minuto se instalaba un nuevo cañón, hasta que antes del anochecer había uno detrás de cada seto, de cada fila de casas, de cada loma entre Kingston y Richmond. Y en la extensión completa y desolada del área de veinte millas cuadradas que rodeaba el campamento marciano de Horsell se arrastraban los exploradores con los heliógrafos, que debían advertir a los artilleros la llegada del enemigo.

Ahora los marcianos parecían comprender que teníamos un arma poderosa y que era peligroso acercarse a los humanos, y ni un solo hombre se aventuró a menos de una milla de los cilindros sin que su atrevimiento le costara la vida.

Los gigantes pasaron la mitad de la tarde yendo y viniendo de un lado a otro para trasladar toda la carga del segundo y el tercer cilindro —que estaban en Addlestone y en Pyrford— a su pozo original en Horsell. Allí, sobre los brezos renegridos y los edificios en ruinas, se hallaba un centinela de guardia, mientras el resto abandonó sus enormes máquinas guerreras para descender al pozo. Allí trabajaron hasta entrada la noche, y la columna densa de humo verde que se levantaba pudo verse desde las colinas de Merrow e incluso desde Banstead y Epson Downs.

Y mientras a mi espalda los marcianos se alistaban para su próximo ataque, y frente a mí se preparaba la humanidad para la defensa, avancé con gran trabajo hacia Londres.

Vi un pequeño bote abandonado que iba sin rumbo corriente abajo. Me desvestí casi por completo, alcancé la embarcación y así logré alejarme. A pesar de no tener remos, logré hacer avanzar el bote con las manos, poniendo rumbo a Halliford y Walton. Me resultaba muy trabajoso y constantemente miraba hacia atrás. Seguí río abajo porque pensé que el agua sería mi única oportunidad de salvarme si los gigantes volvían.

El agua caliente corrió conmigo río abajo, de modo que por espacio de una milla apenas si pude ver la costa. A pesar de todo, una vez alcancé a divisar una fila de figuras negras que cruzaban corriendo la campiña desde Weybridge.

Al parecer, Halliford estaba desierto y varias de las casas que daban al río eran presa de las llamas. Poco más adelante, los cañaverales de la costa humeaban y ardían y una línea de fuego avanzaba por un campo de heno.

Durante largo tiempo me dejé llevar por la corriente, pues no me fue posible hacer esfuerzo alguno a causa del agotamiento que me dominaba. Luego me embargó de nuevo el temor y renové la tarea de impulsar el bote con las manos. El sol me quemaba la espalda desnuda. Al fin, cuando avisté el puente de Walton al otro lado de la curva, quedé completamente exhausto y desembarqué en la orilla de Middlesex, tendiéndome entre las altas hierbas. Creo que serían las cuatro o las cinco de la tarde. Me levanté al fin, y caminé por espacio de media milla sin encontrar a nadie, y me tendí de nuevo a la sombra de un seto.

Creo recordar que durante esa caminata estuve hablando conmigo mismo sin saber qué decía. También sentía mucha sed y lamenté no haber bebido más agua. Lo curioso es que me sentí furioso contra mi esposa; no sé por qué causa, pero mi impotente deseo de llegar a Leatherhead me preocupaba en exceso.

No recuerdo claramente la llegada del cura. Quizá me quedé dormido. Lo que sé es que le vi allí sentado con la vista fija en los resplandores que iluminaban el cielo.

Me senté y mi movimiento atrajo su atención.

—¿Tiene agua? —le pregunté.

Negó con la cabeza.

—Hace una hora que pide usted agua —me dijo.

Por un momento guardamos silencio mientras nos contemplábamos. Me figuro que habrá visto en mí a un ser muy extraño. No tenía otra ropa que los pantalones y calcetines; mi espalda estaba enrojecida por el sol, y mi cara ennegrecida por el humo.

Él, por su parte, parecía hombre de carácter muy débil a juzgar por su barbilla hundida y sus ojos de un azul pálido incapaces de mirar de frente. Habló de pronto, volviendo la vista hacia otro lado.

—¿Qué significa esto? —dijo—. ¿Qué significa?

Le miré sin responderle.

Él extendió una mano blanca y delgada y dijo en tono quejoso:

—¿Por qué se permiten estas cosas? ¿Qué pecados hemos cometido? Había terminado el servicio de la mañana, iba yo caminando por el camino para aclararme las ideas, cuando ocurrió todo esto. ¡Fuego, terremoto, muerte! Como si estuviéramos en Sodoma y Gomorra. Deshechas todas nuestras obras... ¿Qué son estos marcianos?

—¿Qué somos nosotros? —repliqué aclarándome la garganta.

Él se tomó las rodillas con las manos y se volvió para mirarme de nuevo. Durante medio minuto nos contemplamos en silencio.

—Iba caminando para aclarar mis ideas —dijo—. De pronto..., ¡fuego, terremoto, muerte!

Volvió a callar, bajando la cabeza casi hasta las rodillas.

Poco después agitó una mano.

–Todas las obras…, las escuelas dominicales. ¿Qué hemos hecho? ¿Qué hizo Weybridge? Todo destruido. ¡La iglesia! La reconstruimos hace apenas tres años. ¡Desaparecida! ¡Aplastada! ¿Por qué?

Otra pausa y volvió a hablar como si hubiera enloquecido.

–¡El humo de su fuego se eleva por siempre jamás! –gritó.

Refulgieron sus ojos y señaló hacia Weybridge con el dedo.

Para ese entonces ya me había dado cuenta de lo que le ocurría. Evidentemente, era un fugitivo de Weybridge, y la tremenda tragedia en la que se viera envuelto lo había privado, en parte, de la razón.

–¿Estamos lejos de Sunbury? –le pregunté en el tono más natural posible.

–¿Qué podemos hacer? –dijo él–. ¿Están en todas partes esos monstruos? ¿Es que la Tierra les pertenece ahora?

–¿Estamos lejos de Sunbury?

–Esta misma mañana celebré una misa…

–Las cosas han cambiado –le dije en tono sereno–. No debemos perder la cabeza. Todavía quedan esperanzas.

–¡Esperanzas!

–Sí, y muchas…, a pesar de toda esta destrucción.

Comencé a explicarle mi punto de vista respecto a nuestra situación. Al principio me escuchó; mas a medida que yo continuaba, sus ojos volvieron a tornarse opacos y apartó la vista.

–Esto debe ser el principio del fin –dijo interrumpiéndome–. ¡El fin! ¡El día terrible del Señor! Cuando los hombres pidan a las montañas y las rocas que les caigan encima y les oculten para no ver el rostro de Él, que estará sentado sobre su trono.

Cesé entonces en mis laboriosos razonamientos, me puse de pie y, parado junto a él, le apoyé una mano sobre el hombro.

–Sea hombre –le dije–. El miedo lo hace desvariar. ¿De qué sirve la religión si deja de existir ante las calamidades? Piense en lo que ya hicieron a los hombres los terremotos, inundaciones, guerras y volcanes. ¿Creía usted que Dios había exceptuado a Weybridge?… ¡Vamos, hombre, Dios no es un agente de seguros!

Permanecimos en silencio por un rato.

—¿Cómo podemos escapar? —me preguntó él, de pronto—. Son invulnerables, desconocen la piedad...

—Ni una cosa, ni, probablemente, la otra —repuse—. Y cuanto más poderosos sean, más sensatos y precavidos debemos ser nosotros. Hace menos de tres horas pudieron matar a uno de ellos no muy lejos de aquí.

—¿Lo mataron? —exclamó mirando alrededor—. ¿Cómo es posible que se pueda matar a un enviado del Señor?

—Yo mismo lo vi —manifesté, y le narré el incidente—. Nosotros nos encontramos en lo peor de la batalla, eso es todo.

—¿Qué son esos destellos en el cielo? —me preguntó de pronto.

Le expliqué que era un heliógrafo, que hacía señales.

—Estamos en el centro de la guerra, aunque esté todo tan tranquilo —manifesté—. Ese destello en el cielo nos dice que se aproxima una batalla. En aquella zona están los marcianos y hacia el lado de Londres, donde se levantan las colinas alrededor de Richmond y Kinston, están cavando trincheras y formando terraplenes que sirvan de parapeto a los cañones y las tropas. Dentro de poco volverán por aquí los marcianos...

Mientras yo hablaba, el cura se levantó de un salto y me interrumpió haciendo un ademán.

—¡Escuche! —dijo.

Más allá del agua, desde el otro lado de las colinas, nos llegó el estampido apagado de los cañones distantes y gritos apenas audibles.

Luego, el silencio se apoderó de todo. Un escarabajo pasó zumbando sobre el seto y siguió su vuelo.

En el oeste se veía la luna, que brillaba débilmente sobre el humo procedente de Weybridge y Shepperton.

—Será mejor que sigamos este camino hacia el norte —dije.

14
En Londres

Cuando los marcianos atacaron Woking, mi hermano menor estaba en Londres. Era estudiante de medicina y se estaba preparando para un examen, razón por la cual no supo de la llegada de los visitantes del espacio hasta el sábado por la mañana.

Además de unos cuantos artículos especiales sobre el planeta Marte, los periódicos de ese día publicaban un telegrama conciso y vago, que resultó aún más intrigante por su brevedad.

Alarmados por la proximidad de una multitud, los marcianos habían matado a un gran número de personas con un arma muy rápida, según explicaba el telegrama. El mensaje finalizaba con las siguientes palabras: "Aunque son extraordinarios, los marcianos no han logrado salir del pozo en que cayeron y parecen incapaces de hacerlo. Probablemente, esto se deba a la mayor atracción de la gravedad terrestre". Sobre este punto basaron los editorialistas sus notas.

Por supuesto, todos los estudiantes de la clase de biología a la que mi hermano asistía estaban muy interesados, pero en las calles no hubo más señales de excitación que las habituales.

Los diarios de la tarde exprimieron todo lo posible las escasas noticias que tenían. No podían contar nada que no fueran los movimientos de las tropas en los alrededores del campo comunal y el incendio de los bosques entre Woking y Weybridge.

Más tarde, a las ocho, la *St. James Gazette* lanzó una edición especial, en la cual anunció la interrupción de las comunicaciones telegráficas. La causa de esto fue atribuída a la caída de los pinos ardientes sobre la línea. Esa noche no se supo nada más acerca de la batalla.

Mi hermano no se preocupó por nosotros, pues por las noticias periodísticas había sabido que el cilindro se encontraba a dos millas de mi casa. Entonces, decidió ir a visitarme aquella noche, a fin de ver a los marcianos antes de que los mataran. Envió un telegrama –que no llegó a destino– cerca de las cuatro y pasó la velada en un salón de conciertos.

Ese sábado por la noche también hubo una tormenta en Londres y mi hermano llegó a la estación de Waterloo en un coche de plaza. Estaba en la plataforma de la que parte el tren de medianoche cuando supo que un accidente estaba interrumpiendo la llegada de trenes hasta Woking. No pudo saber qué clase de accidente había sucedido porque las autoridades ferroviarias tampoco sabían.

Nada se alteró en la estación, ya que los funcionarios de la empresa hacían andar los trenes de ese horario por Virginia Water o Guildford, en lugar de hacerlos pasar, como usualmente, por Woking.

También estaban ocupados en hacer los arreglos necesarios para alterar la ruta de Southampton y Portsmouth, que sirven los trenes de excursión dominical. Exceptuando a los altos jefes del ferrocarril, pocas personas relacionaron con los marcianos la interrupción de las comunicaciones.

En otro relato de estos acontecimientos he leído que el domingo por la mañana "se sobresaltó todo Londres ante las noticias de Woking". A decir verdad, no había nada que justificara frase tan extravagante. Muchos de los habitantes de Londres no oyeron hablar de los marcianos hasta el pánico del lunes por la mañana. Los que se enteraron tardaron un tiempo en comprender plenamente el significado de los telegramas que publicaban los diarios del domingo. La mayoría de los habitantes de Londres no lee los diarios de ese día.

Además, la convicción de la seguridad personal está tan grabada en la mente del londinense y es tan común que los diarios exageren las cosas, que pudieron leer sin el menor temor la siguiente noticia:

"Alrededor de las siete de anoche los marcianos salieron del cilindro, y avanzando bajo el amparo de una armadura de escudos metálicos, han destruido por completo la estación Woking con sus casas adyacentes y a todo un batallón del Regimiento de Cardigan. No se conocen detalles. Las ametralladoras Maxim resultan completamente inútiles contra sus armaduras y los cañones fueron inutilizados por ellos. Los húsares van hacia Chertsey. Los marcianos parecen avanzar lentamente hacia Chertsey y Windsor. Hay gran ansiedad en West Surrey y se están cavando trincheras y levantando terraplenes para contener su avance hacia Londres".

Así fue como publicó el *Sunday Sun* la noticia, y un artículo muy bien redactado que apareció en el *Referee* comparó los acontecimientos con lo que ocurriría si se soltaran todas las fieras de un zoológico en una aldea.

En Londres nadie sabía nada respecto a la naturaleza de los marcianos y todavía persistía la idea de que los monstruos debían ser muy torpes: "Se arrastran trabajosamente" era la expresión empleada en todas las primeras noticias respecto a ellos. Ninguno de los telegramas pudo haber sido escrito por un testigo presencial.

Los diarios dominicales lanzaron a la calle diversas ediciones a medida que llegaban las noticias. Algunos lo hicieron aun sin tenerlas. Pero no hubo nada nuevo que decir al pueblo hasta la caída de la tarde, cuando las autoridades dieron a las agencias de prensa las noticias que tenían. Se afirmaba que los habitantes de Walton y Weybridge, así como también de todo el distrito circundante, marchaban por los caminos en dirección a la capital. Eso era todo.

Por la mañana, mi hermano fue a la iglesia del Hospital de Huérfanos sin saber todavía lo que había pasado la noche anterior. En el templo oyó alusiones sobre la invasión y el cura dijo una misa por la paz.

Al salir compró el *Referee*. Se alarmó al leer las noticias y de nuevo fue a la estación Waterloo para ver si se habían restablecido las comunicaciones. La gente que andaba por la calle no parecía afectada por las extrañas novedades que proclamaban los vendedores de diarios. Se interesaban, sí, y si se sentían alarmados era sólo por los residentes de las poblaciones que se mencionaban.

En la estación se enteró por primera vez de que estaban interrumpidas las líneas de Windsor y Chertsey. Los empleados le dijeron que se habían recibido varios telegramas extraños desde las estaciones de Byfleet y Chertsey, pero que ya no llegaba ninguna noticia más. Mi hermano no pudo obtener informes precisos al respecto. Todo lo que le dijeron fue que se estaba librando una batalla en los alrededores de Weybridge.

El servicio de trenes estaba muy desorganizado. En la estación había muchas personas que esperaban amigos procedentes del sudoeste. No eran pocos los que protestaban contra la falta de seriedad de la empresa.

Llegaron dos trenes procedentes de Richmond, Putney y Kingston con la gente que había ido a pasar el día a orillas del río. Los viajeros encontraron cerrados los muelles y se volvieron. Uno de ellos dio a mi hermano noticias muy extrañas.

–Hay muchísima gente que llega a Kington en carros y coches cargados de todos sus efectos personales –dijo–. Vienen de Molesey, Weybridge y Walton, y dicen que en Chertsey se han oído muchos cañonazos y que los soldados de caballería les han dicho que se vayan en seguida porque llegan los marcianos. Nosotros oímos cañonazos en la estación de Hampton Court, pero creíamos que eran truenos. ¿Qué diablos significa todo esto? Los marcianos no pueden salir de su pozo, ¿verdad?

Mi hermano no pudo decirle nada.

Después descubrió que la alarma había cundido entre los clientes de los trenes subterráneos y que los excursionistas de los domingos comenzaban a volver de todas las estaciones del sudoeste a hora demasiado temprana; pero nadie sabía nada concreto. Todos los que llegaban a las estaciones parecían estar de mal humor.

Alrededor de las cinco se produjo gran revuelo en la estación al habilitarse la línea entre las estaciones sudeste y sudoeste para permitir el paso de grandes cañones y gran número de Roldados. Éstas eran las armas que llevaron a Woolwich y Chatham para proteger a Kingston. Los curiosos hicieron comentarios festivos, que fueron contestados de igual guisa por los reclutas.

–¡Los comerán!

–Somos los domadores de fieras.

Y otras frases por el estilo.

Poco después llegó un pelotón de policías, que hizo retirar a la gente de los andenes. Mi hermano salió entonces a la calle.

Las campanas de las iglesias llamaban para el servicio vespertino y un grupo de jóvenes del Ejército de Salvación llegó cantando por el camino de Waterloo. Sobre el puente había cierto número de holgazanes que observaban una escoria rara de color castaño que llegaba por el río. Poníase el sol y contra un cielo espléndido se recortaban las siluetas de la Torre del Reloj y de la Casa del Parlamento. Alguien comentó algo acerca de un cuerpo que flotaba en el agua. Uno de los mirones, que afirmaba ser reservista, dijo a mi hermano que había visto hacia el oeste los destellos de un heliógrafo.

En la calle Wellington mi hermano se encontró con dos individuos mal entrazados que salían de la calle Fleet con diarios recién impresos y llevaban grandes cartelones.

–¡Horrible catástrofe! –gritaban ambos mientras corrían por Wellington–. ¡Una batalla en Weybridge! ¡Descripción completa! ¡Se rechaza a los marcianos! ¡Londres, en peligro!

Tuvo que pagar tres peniques por un ejemplar de ese diario.

Sólo entonces comprendió, en parte, la amenaza que representaban los monstruos. Supo que no eran un simple puñado de criaturas pequeñas y torpes, sino que poseían mentes inteligentes que gobernaban enormes cuerpos mecánicos y que podían trasladarse con rapidez y atacar con tal efectividad, que aun los cañones más poderosos no eran capaces de detenerlos.

Se los describía como "gigantescas máquinas similares a arañas de casi treinta metros de altura, capaces de desarrollar la velocidad de un tren expreso y dueñas de un arma que despedía un rayo de calor potentísimo". Se habían instalado baterías en la región de los alrededores de Horsell y especialmente entre los distritos de Woking y Londres. Cinco de las máquinas fueron avistadas cuando avanzaban hacia el Támesis y una de ellas, por gran casualidad, fue destruida. En los otros casos erraron las balas y las baterías fueron aniquiladas de inmediato por el rayo calórico. Se mencionaban grandes bajas de soldados, pero el tono general del despacho era optimista.

Los marcianos habían sido rechazados; por tanto, no eran invulnerables. Se retiraron de nuevo a su triángulo de cilindros, en el círculo que rodeaba a Woking. Los soldados del Cuerpo de Señales avanzaban hacia ellos desde todas direcciones. Desde Windsor, Portsmouth, Aldershot y Woolwich llegaban cañones de largo alcance, y del norte se esperaba uno de noventa y cinco toneladas. Un total de ciento dieciséis estaban ya en posición, casi todos protegiendo la capital. Era la primera vez que se efectuaba una concentración tan rápida e importante de material de guerra.

Se esperaba que cualquier otro cilindro que cayera fuese destruido de inmediato por explosivos de alta potencia, los cuales se estaban ya fabricando y distribuyendo. Sin duda alguna, continuaba el despacho, la situación era grave, pero se recomendaba al público que no se dejara dominar por el pánico. Se admitía que los marcianos eran criaturas extrañas y extremadamente peligrosas, pero no podía haber más que veinte de ellos contra nuestros millones.

A juzgar por el tamaño de los cilindros, las autoridades suponían que no había más de cinco tripulantes en cada uno de ellos, o sea, un total de quince. Por lo menos, se había dado muerte a uno y quizá a más. El público sería advertido con tiempo de la proximidad del peligro y se estaban tomando grandes precauciones para proteger a los habitantes de los suburbios del sudoeste, que estaban ahora amenazados. Y así, con reiteradas manifestaciones acerca de que Londres estaba a salvo y la seguridad de que las autoridades podían hacer frente a las dificultades, se cerraba esta cuasi proclamación.

Todo esto estaba impreso en letras grandes, y tan fresca era la tinta que el diario estaba húmedo. No hubo tiempo para agregar ningún comentario. Según mi hermano, resultaba curioso ver cómo se había sacrificado el resto de las noticias para ceder espacio a lo que antecede.

Por toda la calle Wellington veíase a la gente que compraba los diarios para leerlos, y de pronto se oyeron en el Strand las voces de los otros vendedores, que seguían a los primeros. La gente descendía de los vehículos colectivos para comprar ejemplares.

No hay duda que, fuera cual fuese su apatía primera, la gente se sintió muy excitada ante estas novedades. El dueño de una casa de mapas del Strand quitó los postigos a su escaparate y se puso a exhibir en él varios mapas de Surrey.

Mientras marchaba por el Strand en dirección a Trafalgar Square con el diario bajo el brazo, mi hermano vio a varios de los fugitivos que llegaban a West Surrey.

Había un hombre que guiaba un carro como el de los verduleros. En el vehículo viajaban su esposa y sus dos hijos junto con algunos muebles. Llegó desde el puente de Westminster, y tras él se vio un carretón de cargar heno con cinco o seis personas de aspecto muy respetable, que llevaban consigo numerosas cajas y paquetes. Estaban todos muy pálidos y su apariencia contrastaba notablemente con la de los bien ataviados pasajeros que los miraban desde los ómnibus.

Se detuvieron en la plaza como si no supieran qué camino seguir y, al fin, tomaron hacia el este por el Strand. Poco más atrás llegó un hombre con ropas de trabajo, que montaba una de esas bicicletas antiguas con una rueda más pequeña que la otra. Estaba muy sucio y tenía el rostro blanco como la tiza.

Mi hermano tomó entonces hacia Victoria y se cruzó con otros refugiados. Se le ocurrió la vaga idea de que quizá me viera a mí. Notó que había un gran número de policías regulando el tránsito. Algunos de los fugitivos cambiaban noticias con la gente de los vehículos colectivos. Uno afirmaba haber visto a los marcianos.

—Son calderas sobre trípodes y caminan como hombres —declaró.

Casi todos se mostrában muy animados por su extraña aventura.

Más allá de Victoria, las tabernas hacían gran negocio con los recién llegados. En todas las esquinas se veían grupos de personas leyendo diarios, conversando animadamente o mirando con gran curiosidad a los extraordinarios visitantes. Éstos parecieron aumentar de número al avanzar la noche, hasta que, al fin, las calles estuvieron tan atestadas como la de Epson el día del Derby. Mi hermano dirigió la palabra a varios de los fugitivos, pero no pudo averiguar nada concreto.

Ninguno de ellos le dio noticias de Woking, hasta que encontró a uno que le dijo que Woking había sido enteramente destruido la noche anterior.

—Vengo de Byfleet —manifestó el individuo—. Esta mañana temprano pasó por la aldea un hombre, que llamó en todas las puertas para avisarnos que nos fuéramos. Después llegaron los soldados. Salimos a mirar y vimos grandes nubes de humo hacia el sur. Nada más que humo, y desde ese lado no llegó nadie. Después oímos los cañones de Chertsey y vimos a la gente que venía de Weybridge. Por eso cerré mi casa y me vine a la capital.

En esos momentos predominaba en la calle la idea de que las autoridades tenían la culpa por no haber podido terminar con los invasores sin tanto inconveniente para la población.

Alrededor de las ocho, en todo el sur de Londres se oyeron claramente numerosos cañonazos. Mi hermano no pudo oírlos a causa del ruido del tránsito en las calles principales, pero al tomar por las callejas menos concurridas para ir hacia el río le fue posible captar con toda claridad los estampidos.

Regresó de Westminster a su apartamento de Regent Park cerca de las dos. Ya se sentía muy preocupado por mí y le inquietaba la evidente magnitud del peligro. Como lo hiciera yo el sábado, pensó mucho en los detalles militares del asunto y en todos los cañones que esperaban en la campiña, así como también en los fugitivos. Con un esfuerzo mental trató de imaginar cómo serían las "calderas sobre trípodes" de treinta metros de altura.

Dos o tres carros cargados de refugiados pasaron por la calle Oxford y varios iban por el camino de Marylebone; pero con tanta lentitud cundían las noticias, que la calle Regent y el camino de Portland estaban atestados de sus paseantes dominicales de costumbre, aunque se notaba ahora que muchos formaban grupos para cambiar ideas, y por Regent Park había tantas parejas conversando bajo los faroles de gas como en otras oportunidades. La noche estaba cálida y tranquila, así como también algo opresiva, y el estampido de los cañonazos continuó de manera intermitente. A medianoche pareció que había relámpagos en dirección al sur.

Mi hermano leyó el diario temiendo que me hubiera ocurrido lo peor. Estaba inquieto, y después de la cena salió de nuevo a pasear sin rumbo. Regresó y en vano quiso distraer su atención dedicándose al estudio. Se acostó poco después de medianoche, y en la madrugada del lunes le despertó el ruido distante de las llamadas a las puertas, de pies que corrían, de tambores lejanos y de campanadas. Sobre el cielo raso vio reflejos rojos. Por un momento quedóse asombrado, preguntándose si había llegado el día o si el mundo estaba loco. Después saltó del lecho para correr hacia la ventana.

Su habitación era un ático, y al asomar la cabeza se repitió en toda la manzana el ruido que produjera su ventana al abrirse y en otras aberturas aparecieron otras cabezas como la suya. Alguien comenzó a formular preguntas.

–¡Ya llegan! –gritó un policía llamando a una puerta–. ¡Llegan los marcianos! Acto seguido corrió hacia la puerta contigua. El batir de tambores y las notas de un clarín acercábanse desde el cuartel de la calle Albany y todas las iglesias de los alrededores mataban el sueño con el repiqueteo de sus campanas. Se oían puertas que se abrían y todas las ventanas de la manzana se iluminaron.

Calle arriba llegó velozmente un carruaje cerrado, que pasó haciendo gran ruido sobre las piedras de la calle y se perdió en la distancia. Poco después llegaron dos coches de plaza, los precursores de una larga procesión de vehículos, que iban en su mayor parte hacia la estación Chalk Farm, donde cargaban entonces los trenes especiales del noroeste en lugar de hacerlo desde Euston.

Durante largo rato estuvo mi hermano asomado a la ventana, lleno de asombro, mirando a los policías, que llamaban a todas las puertas y comunicaban su incomprensible mensaje. Luego se abrió la puerta de su habitación y entró el vecino que ocupaba el cuarto del otro lado del corredor. El hombre vestía pantalones, camisa y zapatillas; llevaba colgando los tirantes y tenía el cabello en desorden.

–¿Qué diablos pasa? –preguntó–. ¿Es un incendio? ¡Qué bochinche endiablado!

Ambos se asomaron por la ventana, esforzándose por oír lo que gritaban los agentes de policía. La gente salía de las calles laterales y formaba grupos en las esquinas.

–¿Qué demonios pasa? –volvió a preguntar el vecino. Mi hermano le respondió algo vago y empezó a vestirse, yendo entre prenda y prenda hasta la ventana para no perder nada de lo que sucedía en las calles. Al poco rato llegaron hombres que vendían diarios.

–¡Londres en peligro de sofocación! –gritaban–. ¡Han caído las defensas de Kingston y Richmond! ¡Horribles desastres en el valle del Támesis!

Y todo a su alrededor: en los cuartos de abajo, en las casas de ambos lados y de la acera opuesta, y detrás, en Park Terrace y en un centenar de otras calles de aquella parte de Marylebone y del distrito de Westbourne Park y St. Paneras; hacia el oeste y noroeste, en Kilburn, en St. John's Wood y en Hampstead; hacia el este, en Shoreditch, Highbury, Haggerston y Hoxton, y, en definitiva, en toda la extensión de la ciudad de Londres, desde Ealing hasta East Ham, la gente se refregaba los ojos y abría las ventanas para mirar hacia fuera y hacer preguntas, y se vestía con apuro cuando los primeros aires de la tormenta del temor empezaban a soplar por las calles. Aquello fue el alba de un enorme pánico. Londres, que el domingo por la noche se había ido a dormir distraído e inerte, despertó en la madrugada del lunes en una sensación de absoluto peligro.

Desde su ventana, mi hermano no podía enterarse de lo que sucedía, así que bajó a la calle en el momento en que el cielo se tornaba rosa con la llegada del alba. El número de gente, que huía a pie y en toda clase de transportes, era cada vez mayor.

–¡Humo negro! –gritaban unos y otros. Que imperara el terror fue inevitable. Mientras mi hermano dudaba sobre el umbral de la puerta, pasó un vendedor de diarios y adquirió uno. El vendedor iba corriendo a la par de los demás y al mismo tiempo vendía sus diarios a un chelín por ejemplar… Grotesca combinación de pánico y ambición lucrativa.

Y en ese periódico, mi hermano leyó el catastrófico descargo del comandante en jefe:

"Los marcianos están descargando grandes nubes de vapor negro y ponzoñoso por medio de cohetes. Han destruido nuestras baterías, destruido Richmond, Kingston y Wimbledon, y lentamente avanzan hacia Londres, arrasando todo lo que encuentran a su paso. No es posible detenerlos. El único modo de salvarse del humo negro es la inmediata fuga".

Eso era todo, pero resultaba suficiente. Toda la población de la gran ciudad, de seis millones de habitantes, se ponía en movimiento y echaba a correr; no tardaría mucho en huir en masa hacia el norte.

—¡Humo negro! —gritaban las voces—. ¡Fuego!

Las campanas de las iglesias doblaban sin detenerse. Un carro conducido con poca habilidad volcó en medio de los gritos de sus pasajeros y chocó contra una fuente. Las luces se encendían en todas las casas y algunos de los coches que pasaban tenían todavía sus faroles encendidos. Y en lo alto del cielo crecía la luz del nuevo día.

Mi hermano oyó que en las habitaciones todos corrían y subían y bajaban las escaleras. La casera llegó a la puerta envuelta en un salto de cama seguida por su marido.

Cuando cayó en la cuenta de lo que sucedía regresó rápidamente a su cuarto, puso en sus bolsillos las diez libras que constituían todo su capital y volvió a salir a la calle.

15
Lo que sucedió en Surrey

Los marcianos habían recargado su ofensiva cuando el cura y yo nos conversábamos cerca de Halliford y mientras mi hermano contemplaba a los grupos de fugitivos que arribaban por el puente de Westminster.

Podemos conjeturar, por los distintos relatos que se hicieron de sus actividades, que la mayoría de ellos estuvo haciendo sus preparativos en el pozo de Horsell hasta las nueve de aquella noche, acelerando un trabajo que generó grandes cantidades de humo verde.

Alrededor de las ocho partieron tres de ellos, y avanzando lenta y cuidadosamente pasaron por Byfleet y Pyrford en dirección a Ripley y Weybridge, llegando así a la vista de las baterías, que esperaban el momento de entrar en acción.

Estos marcianos no avanzaron unidos, una milla y media separaba a uno de otro, y se comunicaron por medio de aullidos, similar al ulular de una sirena.

Los aullidos y los cañonazos que provenían de St. George Hill fueron lo que oímos nosotros en Upper Halliford. Los artilleros de Ripley, voluntarios inexpertos que nunca tendrían que haber ocupado aquella posición, dispararon prematura e inútilmente y escaparon corriendo y a caballo por la desierta aldea. El marciano al que atacaron fue serenamente hasta sus cañones, sin utilizar ni siquiera su rayo calórico, avanzó por entre las piezas de artillería y cayó inesperadamente sobre los cañones de Painshill Park, destruyéndolos completamente.

Sin embargo, los soldados de St. George Hill estaban mejor dirigidos o, quizá, eran más valientes. Estaban ocultos en un pequeño bosque, y habían tomado por sorpresa al marciano que se encontraba más cercano a ellos. Dirigieron sus armas como si estuvieran en una práctica de tiro y abrieron fuego desde una distancia de mil metros.

Las granadas estallaron alrededor del monstruo, que avanzó algunos pasos más, se tambaleó y cayó al piso. Todos gritaron con alegría e inmediatamente cargaron nuevamente los cañones. El marciano caído emitió un largo grito que se prolongó por un rato y rápidamente uno de sus compañeros apareció entre los árboles del sur.

Una pata del trípode que sostenía al marciano caído fue destruída por una de las granadas. El segundo ataque no logró hacer blanco, y los otros dos marcianos dispararon simultáneamente sus rayos calóricos apuntando a la batería. La munición estalló, los pinos de los alrededores se incendiaron y sólo uno o dos de los artilleros lograron huir, y ya corrían desesperadamente sobre la cima de la colina.

Luego de esto, los tres gigantes parecieron sostener una reunión y se detuvieron, y los exploradores que los observaban afirman que allí permanecieron, parados, durante la siguiente media hora.

El marciano que había sido derribado salió muy lentamente de su capuchón y comenzó a reparar los daños sufridos por uno de los soportes de su máquina. Alrededor de las nueve ya había finalizado, y volvió a contemplarse su capuchón por encima de los árboles.

Eran las nueve y minutos cuando llegaron hasta los tres centinelas otros cuatro marcianos, que llevaban gruesos tubos negros. Uno de estos tubos fue entregado a cada cual de los tres y los siete se distribuyeron entonces a igual distancia entre sí, formando una línea curva entre St. George Hull, Weybridge y la aldea de Send, al sudoeste de Ripley.

Tan pronto comenzaron a moverse, volaron de las colinas una docena de cohetes, que advirtieron del peligro a las baterías de Ditton y Esher. Al mismo tiempo, cuatro de los gigantes, similarmente armados con tubos, cruzaron el río, y a dos de ellos vimos el cura y yo cuando avanzábamos trabajosamente por el camino que se extiende al norte de Halliford. Nos pareció que se morían sobre una nube, pues una neblina blanca cubría los campos y se elevaba hasta una tercera parte de su altura.

Al ver el espectáculo, el cura lanzó un grito ahogado y echó a correr; pero yo sabía que era inútil escapar de esa manera y me volví hacia un costado para internarme por entre los matorrales y bajar a la ancha zanja que bordea el camino. Él volvió la cabeza, vio lo que hacía yo y fue a unirse conmigo.

Los dos marcianos se detuvieron, el más próximo mirando hacia Sunbury, y el otro, en dirección a Staines, a bastante distancia.

Habían cesado sus aullidos y ocuparon sus posiciones en la extensa línea curva en el silencio más absoluto. Esta línea era una especie de media luna de doce millas de largo. Jamás se ha iniciado una batalla con tanto silencio. Para nosotros y para algún observador situado en Ripley, el efecto hubiera sido el mismo: los marcianos parecían estar en plena posesión de todo lo que cubría la noche, iluminada sólo por la luna, las estrellas y los últimos resplandores ya débiles del día fenecido.

Pero, enfrentando a esa media luna desde todas partes, en Staines, Hounslow, Ditton, Esher, Ockham, detrás de las colinas y bosques del sur del río y al otro lado de las campiñas del norte, se hallaban los cañones.

Estallaron los cohetes de señales y llovieron sus chispas fugazmente en lo alto del cielo, y los que servían a los cañones se dispusieron a la lucha. Los marcianos no tenían más que avanzar hacia la línea de fuego e inmediatamente estallaría la batalla.

Sin duda alguna, la idea que predominaba en la mente de todos, tal como ocurría conmigo, era la referente al enigma de lo que los marcianos pensaban de nosotros. ¿Se darían cuenta de que estábamos organizados, teníamos disciplina y trabajábamos en conjunto? ¿O interpretaban nuestros cohetes, el estallido de nuestras granadas y nuestra constante vigilancia de su campamento como interpretaríamos nosotros la furiosa unanimidad de ataque en un enjambre de abejas cuya colmena hubiéramos destruido? ¿Soñaban que podrían exterminarnos?

Un centenar de preguntas similares se presentaban en mi mente mientras vigilaba al centinela. Además, tenía yo presentes las fuerzas ocultas que se hallaban en dirección a Londres. ¿Habrían preparado trampas? ¿Estaban listas las fábricas de Hounslow? ¿Tendrían los londinenses el coraje de defender su ciudad hasta el fin?

Luego, al cabo de una espera que nos resultó interminable, oímos el estampido distante de un cañonazo. Siguió otro y luego otro más cercano. Y, entonces, el marciano que se hallaba próximo a nosotros levantó su tubo y lo descargó como una pistola, produciendo un estampido estruendoso que hizo temblar el suelo. Lo mismo hizo el gigante que estaba hacia el lado de Staines. No hubo fogonazo ni humo, sólo se produjo la detonación. Me llamaron tanto la atención esas armas y las detonaciones continuadas, que olvidé el riesgo y trepé hasta el matorral para mirar hacia Sunbury. Cuando hice esto, oí una detonación y un proyectil de buen tamaño pasó por el aire en dirección a Houslow.

Esperé, por lo menos, ver humo o fuego u otra evidencia de efectividad. Mas todo lo que vi fue el cielo azul profundo, con una estrella solitaria, y la neblina blanca que se extendía sobre la tierra. Y no hubo otro golpe ni una explosión que hiciera eco a la primera. Volvió a reinar el silencio.

—¿Qué ha pasado? —preguntó el cura acercándoseme.

—¡Sólo el cielo lo sabe! —repuse.

Pasó un murciélago, que se perdió en la distancia. Comenzó luego un distante tumulto de gritos, que cesó de pronto. Miré de nuevo al marciano y vi que iba ahora hacia el este con paso rápido y bamboleante.

A cada momento esperaba yo que disparara contra él alguna de las baterías ocultas, pero el silencio de la noche no fue interrumpido por nada. La figura del marciano fue tornándose más pequeña a medida que se alejaba y, al fin, se lo tragaron la neblina y las sombras de la noche. Siguiendo un mismo impulso, ambos trepamos más arriba. En dirección a Sunbury se veía algo oscuro, como si hubiera crecido súbitamente por allí una colina cónica que nos impidiera ver más allá, y luego, algo más lejos, por el lado de Walton, vimos otro bulto similar. Esas formas elevadas se fueron tornando más bajas y anchas mientras las mirábamos.

Impulsado por una idea súbita, miré hacia el norte y percibí por allí la tercera de aquellas lomas negras.

Reinaba un silencio de muerte. Hacia el sudeste oímos entonces a los marcianos, que aullaban para comunicarse unos con otros, y luego volvió a temblar el aire con el distante detonar de sus armas. Pero la artillería terrestre no respondió al ataque.

En ese momento no comprendimos de qué se trataba; pero después me enteraría yo del significado de aquellas lomas que formaran sobre la tierra. Cada uno de los marcianos que integraban la línea de avanzada que he descrito había descargado por medio del tubo un enorme recipiente sobre las colinas, arboledas, grupos de casas u otro refugio posible para los cañones. Algunos dispararon sólo uno de los recipientes; otros, dos, como el que viéramos nosotros; se dice que el de Ripley descargó no menos de cinco.

Los recipientes se rompían al dar en tierra –no estallaban–, y al instante dejaban en libertad un enorme volumen de un vapor pesado que se levantaba en una especie de nube: una loma gaseosa que se hundía y se extendía lentamente sobre la región circundante. Y el contacto de aquel vapor significaba la muerte para todo ser que respira.

Este vapor era pesado, mucho más que el humo más denso, de modo que después de haberse elevado al romperse el recipiente, volvía a hundirse por el aire y corría sobre el suelo más bien como un líquido, abandonando las colinas y extendiéndose por los valles, zanjas y corrientes de agua, tal como lo hace el gas de ácido carbónico que emerge de las fisuras volcánicas. Y al entrar en contacto con el agua se operaba una transformación química y la superficie del líquido quedaba cubierta instantáneamente por una escoria, que se hundía con lentitud para dejar sitio al resto de la sustancia. Esta escoria era insoluble y resulta extraño que –a pesar del efecto mortal del gas– se pudiera beber el agua así contaminada sin sufrir daño alguno.

El vapor no se disipaba como lo hace el verdadero gas. Quedaba unido en montones, corriendo lentamente por la tierra y cediendo muy poco a poco al empuje del viento para hundirse, al fin, en la tierra en forma de polvo. Con excepción de que un elemento desconocido da un grupo de cuatro líneas en el azul del espectro, nada sabemos sobre la naturaleza de esta sustancia.

Una vez terminada su dispersión, el humo negro se adhería tanto al suelo, aun antes de su precipitación, que a quince metros de altura, en los techos y en los pisos superiores de las casas altas, así como también en los árboles, existía la posibilidad de escapar a sus efectos ponzoñosos, como quedó demostrado aquella noche en Street Chobham y Ditton.

El hombre que se salvó en el primero de estos lugares hace un relato notable de lo extraño de aquella corriente negra y de cómo la vio desde el campanario de la iglesia, así como también del aspecto que tenían las casas de la aldea al elevarse como fantasmas sobre ese mar de tinta. Durante un día y medio permaneció allí, fatigado, medio muerto de hambre y quemado por el sol, viendo el cielo azul en lo alto y abajo la tierra como una extensión de terciopelo negro de la que sobresalían tejados rojos, las copas de los árboles y más tarde setos velados, portones y paredes.

Pero aquello fue en Street Chobham, donde el vapor negro quedó hasta hundirse por sí solo en la tierra. Por lo general, cuando ya había servido sus fines, los marcianos lo eliminaban por medio de una corriente de vapor.

Esto hicieron con las lomas de vapor próximas a nosotros, mientras los observábamos desde la ventana de una casa abandonada de Upper Halliford, donde nos habíamos refugiado. Desde allí vimos moverse los reflectores sobre Richmond Hill y Kingston Hill, y alrededor de las once tembló la ventana y oímos el estampido de los grandes cañones de sitio que instalaran en aquellos lugares. Las detonaciones continuaron intermitentemente por espacio de un cuarto de hora, disparando granadas al azar contra los marcianos invisibles que se encontraban en Hampton y Ditton. Después se apagaron los pálidos rayos de la luz eléctrica y fueron reemplazados por un resplandor rojizo.

Luego cayó el cuarto cilindro, un brillante meteoro verde. Supe más tarde que había ido a dar en Bushey Park. Antes que entraran en acción los cañones de Richmond y Kingston hubo una andanada breve en dirección al sudoeste, y creo que fueron los artilleros, que dispararon sus armas antes que el vapor negro los envolviera.

De esta manera, y obrando tan metódicamente como lo harían los hombres para exterminar una colonia de avispas, los marcianos extendieron su vapor por todo el campo en dirección a Londres.

Los extremos de su fila se fueron separando lentamente hasta que, al fin, se hallaron extendidos desde Hanwell a Coombe y Malden. Durante toda la noche avanzaron con sus mortíferos tubos. Después que fue derribado el marciano en St. George Hill, ni una sola vez dieron a la artillería la oportunidad de hacer otro blanco. Donde existiera la posibilidad de que se encontrase un arma oculta descargaban otro recipiente de vapor negro, y donde los cañones estaban a la vista, empleaban el rayo calórico.

Alrededor de medianoche, los árboles que ardían en las laderas de Richmond Park y el resplandor de Kingston Hill proyectaban su luz sobre una capa de humo negro que cubría todo el valle del Támesis y se extendía hasta donde alcanzaba la vista.

Por este mar de tinta avanzaban dos gigantes, que lanzaban hacia todos lados sus chorros de vapor para limpiar el terreno.

Aquella noche, los marcianos no utilizaron demasiado su rayo calórico. Esto podía suceder porque disponían de una cantidad limitada del material con que lo producían o porque no era su voluntad destruir el país, sino sólo detener la oposición que les presentaban. Y, en esto último, tuvieron mucho éxito. El domingo por la noche finalizó el enfrentamiento organizado contra sus movimientos. Luego, ya no hubo ningún grupo de hombres que pudiera enfrentarlos; así de inútil se había vuelto intentarlo. Aun las tripulaciones de los torpederos y destructores que subieron por el Támesis con sus embarcaciones se negaron a detenerse, se amotinaron y regresaron la proa hacia el mar. Dedicarse a la preparación de minas y pozos fue la única tarea a la que pudieron dedicarse después de aquella noche, e incluso en eso no se trabajó con mucho entusiasmo.

El destino corrido por las baterías de Esher, que esperaban con gran expectativa la llegada del enemigo, sólo podemos suponerlo. Sobrevivientes no hubo. Podemos imaginarnos el orden dominante; los oficiales de guardia; los artilleros preparados; las balas listas, al alcance de la mano; los servidores de las piezas con sus caballos y carros; los grupos de civiles, que aguardaban tan cerca como les permitían; la calma de la noche; las ambulancias y las tiendas de los enfermeros con los heridos de Weybridge. Luego, el estruendo sordo de los disparos efectuados por los marcianos; el proyectil volando sobre casas y árboles para destruirse en los campos cercanos.

Podemos imaginar también la actitud de todos transformándose; el humo oscuro y denso, que avanzaba velozmente y se elevaba ennegreciéndolo todo para luego caer sobre sus víctimas; los hombres y caballos, cegados por el gas, corriendo desesperados para, finalmente, caer; los cañones abandonados; los soldados en el suelo, y la expansión rápida del hongo de humo negro. Y, luego, la noche y la muerte; nada más que una masa silenciosa de vapor ocultando a sus muertos.

Antes de que amaneciera, el vapor negro se desplazaba por las calles de Richmond, y el ya casi desintegrado organismo del gobierno hacía un último esfuerzo, para preparar a la población de Londres para escapar.

16
El éxodo de Londres

El lector seguramente habrá imaginado la estruendosa ola de miedo que azotó la ciudad más grande del mundo al amanecer del lunes: la masa huyendo, que se fue convirtiendo rápidamente en un torrente furioso en los alrededores de las estaciones ferroviarias, se convirtió en una batalla a muerte en los muelles del Támesis y buscó salida por todos los canales disponibles del norte y del este. A las diez de la mañana perdía coherencia la organización policial, y para el mediodía se terminaba de desplomar la de los ferrocarriles.

Todas las líneas ferroviarias del norte del Támesis y los habitantes del sudeste habían sido advertidos del peligro a la medianoche del domingo, y los trenes se llenaban rápidamente, mientras que la gente luchaba desesperada por conseguir un lugar en los vagones.

A las tres de la tarde muchos eran pisoteados y aplastados, incluso en la calle Bishipsgate; a doscientos metros de la estación de la calle Liverpool se oían disparos de armas de fuego, muchos eran apuñalados y los agentes de policía que habían sido enviados para dirigir el tránsito, se dejaban llevar por la furia y terminaban rompiendo las cabezas de las personas a las que debían proteger.

Mientras avanzaba el día y los maquinistas y fogoneros se negaban a regresar a Londres, la presión del éxodo obligó a la multitud a alejarse de las estaciones y echarse a los caminos que iban hacia el norte.

Al mediodía se había visto a un marciano en Barnes y una nube de vapor negro, que se hundía lentamente, avanzaba por el Támesis y los llanos de Lambeth, interrumpiendo la huida por los puentes. Otra nube negra apareció sobre Ealing y envolvió a un pequeño grupo de sobrevivientes que se encontraba en Castle Hill y que de allí no pudo bajar.

Después de intentar sin resultados subir a un tren del noroeste en Chalk Farm, mi hermano fue a ese camino, cruzó por entre vehículos enredados y tuvo la suerte de ser uno de los primeros que saquearon un negocio de venta de bicicletas. El neumático delantero de la bicicleta que obtuvo se abrió al sacarlo por el escaparate; pero no le dio importancia, se subió y partió con apenas un golpe en la muñeca.

La parte inferior de la empinada Haverstook Hill era impasable, debido a los cadáveres de numerosos caballos allí caídos, y mi hermano tomó entonces por el camino Belsize.

Así logró salvarse de lo peor del pánico, soslayando el camino Edgware y llegar a esta población alrededor de las siete, fatigado y con mucho apetito, pero muchísimo antes que la multitud.

A lo largo del camino se hallaba la gente apiñada, observando con gran curiosidad a los fugitivos. Allí lo pasó un grupo de ciclistas, varios jinetes y dos automóviles. A una milla de Edgware se rompió la llanta delantera de su bicicleta y tuvo que abandonar la máquina y seguir camino a pie.

En la calle principal de la aldea había algunos comercios abiertos y los pobladores se agrupaban en las aceras, los portales y ventanas, mirando asombrados a la extraordinaria procesión de fugitivos que llegaba allí. Mi hermano consiguió obtener algo de alimento en una hostería.

Por un tiempo se quedó en Edgware, sin saber qué rumbo tomar. Los refugiados aumentaban en número. Muchos de ellos, como mi hermano, parecían dispuestos a quedarse en la aldea. No había nuevas noticias de los invasores de Marte.

A esa hora el camino estaba atestado, pero la congestión no era grave. La mayoría de los fugitivos montaban bicicletas, pero pronto se vieron algunos automóviles, coches de plaza y carruajes cerrados, que levantaban el polvo en grandes nubes por el camino hacia St. Albans.

La idea de ir hasta Chelmsford, donde tenía unos amigos, impulsó, al fin, a mi hermano a partir por un camino tranquilo que se extendía hacia el este. Poco después llegó a un portillo de molinete, y luego de transponerlo siguió un sendero que iba hacia el noroeste. Pasó cerca de varias granjas y algunas aldeas cuyos nombres ignoraba. Vio a pocos fugitivos, hasta que se encontró en el sendero de High Barnet con dos damas, que fueron luego sus compañeras de viaje. Llegó al lugar a tiempo para salvarlas.

Oyó sus gritos, y al correr para dar vuelta a la curva vio a un par de individuos que se esforzaban por arrancarlas del cochecillo en el que viajaban, mientras que un tercero trataba de contener al nervioso caballo.

Una de las damas, mujer baja y vestida de blanco, no hacía más que gritar; pero la otra, una joven morena y esbelta, golpeaba con su látigo al hombre que la tenía sujeta por una muñeca.

Mi hermano se hizo cargo de la situación al instante, lanzó un grito y corrió hacia el lugar en que se desarrollaba la lucha. Uno de los hombres desistió de sus intenciones y se volvió hacia él. Al ver la expresión del otro, mi hermano comprendió que era inevitable una pelea, y como era un pugilista experto, lo atacó inmediatamente, derribándolo contra la rueda del vehículo.

No era ése el momento apropiado para mostrarse caballeresco, así que acto seguido lo desmayó de un puntapié. Tomó luego por el cuello al que aprisionaba la muñeca de la dama. Oyó entonces ruido de cascos, sintió que el látigo le golpeaba entre los ojos, y el hombre al que asía se liberó y echó a correr por el camino.

Medio atontado, se encontró frente al que había contenido al caballo, y vio entonces que el coche se alejaba camino abajo meciéndose de un lado a otro y con ambas mujeres vueltas hacia él.

Su antagonista, que era un sujeto fornido, trató de abrazarlo, y él le contuvo con un golpe a la cara. El otro se dio cuenta entonces de que estaba solo y dio un salto para esquivarlo y correr tras el coche.

Mi hermano lo siguió y cayó al suelo. Otro de los sujetos, que había echado a correr tras él, cayó también. Un momento después se acercó el tercero de los individuos y entre los dos lo ataron. Mi hermano se habría visto en un grave apuro si la dama delgada no hubiera vuelto en su ayuda con gran audacia. Parece que tenía un revólver, pero el arma estaba debajo del asiento cuando las atacaron. Disparó desde seis metros de distancia y la bala pasó a escasos centímetros de la cabeza de mi hermano. El menos valeroso de los ladrones echó a correr seguido por su compañero, que le reprochaba su cobardía. Ambos se detuvieron junto al que yacía tendido en el camino.

—¡Tome esto! —dijo la joven a mi hermano dándole el revólver.

—Vuelva al coche —le ordenó él mientras se enjugaba la sangre que manaba de sus labios.

Ella se volvió sin decir palabra y ambos marcharon hacia donde la mujer de blanco se esforzaba por contener al atemorizado caballo. Los ladrones parecían haberse dado por vencidos y se alejaron.

—Me sentaré aquí, si me permiten —dijo entonces, y subió al pescante.

La dama miró sobre su hombro.

—Deme las riendas —dijo, y azuzó al caballo de un latigazo.

Un momento más tarde, una curva del camino ocultó a los tres ladrones, que se iban.

De esta manera completamente inesperada, mi hermano se encontró, jadeante, con un corte en un labio, la barbilla magullada y los nudillos lastimados, viajando por un camino desconocido con estas dos mujeres.

Se enteró de que eran la esposa y la hermana menor de un cirujano que vivía en Stanmore y que había vuelto en la madrugada de atender un caso urgente en Pinner. Al enterarse en una estación del camino de que avanzaban los marcianos fue apresuradamente a su casa, despertó a las mujeres, empaquetó algunas provisiones, puso su revólver debajo del asiento —por suerte para mi hermano— y les dijo que fueran a Edgware, donde podrían tomar un tren. Se quedó atrás para avisar a los vecinos y dijo que las alcanzaría a las cuatro y media de la mañana. Pero eran ya cerca de las nueve y no habían vuelto a verlo. En Edgware no pudieron detenerse debido al intenso tránsito que pasaba por la aldea y por eso fueron hasta ese camino lateral.

Esto fue lo que contaron a mi hermano poco a poco, cuando volvieron a detenerse cerca de New Barnet. Él les prometió hacerles compañía, por lo menos, hasta que decidieran lo que iban a hacer o hasta que llegara el médico. Manifestó ser experto en el manejo del revólver –arma desconocida para él–, a fin de infundirles confianza.

Hicieron una especie de campamento al lado del camino y el caballo se puso a mordisquear un seto. Él les contó su huida de Londres y todo lo que sabía de los marcianos. El sol fue ascendiendo en el cielo y al cabo de un tiempo dejaron de hablar y quedaronse esperando.

Varios caminantes pasaron por allí, y por ellos supo mi hermano algunas noticias. Cada respuesta que recibía acrecentaba su impresión del gran desastre sufrido por la humanidad y aumentaba su convicción de que era necesario proseguir la huida inmediatamente. Por este motivo lo sugirió a sus acompañantes.

–Tenemos dinero –dijo la más delgada, y vaciló un poco. Miró a mi hermano a los ojos y desapareció su incertidumbre.

–Yo también lo tengo –dijo él.

Ella le explicó que llevaban treinta libras en oro, además de un billete de cinco, y sugirió que con eso podrían tomar un tren en St. Albans o en New Barnet. Mi hermano creyó imposible hacerlo, ya que había visto lo ocurrido en Londres con los trenes, y expresó su idea de cruzar Essex hacia Harwich y así escapar del país.

La señora Elphinstone, que era la dama de blanco, no quiso escuchar razones y siguió llamando a "George"; pero su cuñada era muy decidida y, finalmente, accedió a la sugestión de mi hermano.

Así, pues, siguieron hacia Barnet con la intención de cruzar el Gran Camino del Norte. Mi hermano iba caminando junto al coche para cansar al caballo lo menos posible.

A medida que avanzaba el día se acrecentaba el calor y la arena blancuzca sobre la que pisaban se tornó cegadora y ardiente, de modo que sólo pudieron viajar con mucha lentitud. Los setos estaban cubiertos de polvo, y mientras avanzaban hacia Barnet oyeron cada vez más claramente un tumulto extraordinario.

Comenzaron a encontrarse con más gente. En su mayoría miraban todos hacia adelante con la vista fija; iban murmurando por lo bajo; estaban fatigados, pálidos y sucios. Un hombre vestido de etiqueta se cruzó con ellos. Iba caminando y con los ojos fijos en el suelo. Oyeron su voz y, al volverse para mirarle, le vieron llevarse una mano a los cabellos y golpear con la otra algo invisible. Pasado su paroxismo de ira continuó camino sin mirar hacia atrás ni una sola vez.

Cuando siguieron hacia la encrucijada al sur de Barnet vieron a una mujer que se aproximaba al camino por un campo de la izquierda llevando un niño en brazos y seguida por otros dos. Luego apareció un hombre vestido de negro, con un grueso bastón en una mano y una maleta en la otra. Después vieron llegar por la curva un carrito arrastrado por un sudoroso caballo negro y guiado por un joven de sombrero hongo cubierto de polvo. Viajaban con él tres muchachas y un par de niños.

–¿Por aquí podremos dar la vuelta por Edgware? –preguntó el conductor, que estaba muy pálido.

Cuando mi hermano le contestó afirmativamente tomó hacia la izquierda, azotó al caballo y se fue sin darle las gracias.

Mi hermano notó un humo gris pálido que se levantaba entre las casas que tenía frente a sí y que velaba la fachada blanca de un edificio que se hallaba detrás de las villas. La señora Elphinstone lanzó un grito al ver una masa de llamas rojas que saltaban de las viviendas hacia el cielo. El ruido tumultuoso resultó ser ahora una cacofonía de voces, el rechinar de muchas ruedas, el crujir de vehículos y el golpear de cascos sobre el suelo. El camino describía allí una curva cerrada, a menos de cincuenta metros de la encrucijada.

–¡Dios mío! –gritó la señora Elphinstone–. ¿Adónde nos lleva usted?

Mi hermano se detuvo.

El camino principal estaba lleno de gente, era un torrente de seres humanos que avanzaban apresuradamente hacia el norte, mientras unos empujaban a otros. Una gran nube de polvo blanco y luminoso por el resplandor del sol tornaba indistinto el espectáculo y era constantemente renovado por las patas de gran cantidad de caballos, los pies de hombres y mujeres y las ruedas de vehículos de toda clase.

—¡Paso! —gritaban las voces—. ¡Abran paso!

Tratar de llegar al cruce del sendero por el camino principal era como querer avanzar hacia las llamas y el humo de un incendio; la multitud rugía como las llamas, y el polvo era tan cálido y penetrante como el humo. Y, en verdad, algo más adelante ardía una villa, cuyo humo aumentaba la confusión reinante.

Dos hombres se cruzaron con ellos. Después pasó una mujer muy sucia, que llevaba un atado de ropa y lloraba sin cesar.

Todo lo que pudieron ver del camino de Londres entre las casas de la derecha era una tumultuosa corriente de personas sucias, que avanzaban apretujadas entre las casas de ambos lados; las cabezas negras, las formas indefinibles, se tornaban claras al llegar a la esquina; pasar y perder de nuevo su individualidad en la confusa multitud, que desaparecía entre una nube de polvo.

—¡Adelante! ¡Adelante! —gritaban las voces—. ¡Paso! ¡Paso!

Las manos de uno presionaban sobre las espaldas de otro. Mi hermano se quedó parado junto al caballo. Luego, irresistiblemente atraído, avanzó paso a paso por el sendero.

Edgware había sido una escena de confusión; Chalk Farm, un tumulto indescriptible; pero esto era toda una población en movimiento. Resulta difícil imaginar a aquella multitud. No tenía carácter propio. Las figuras salían de la esquina y se perdían dando la espalda al grupo parado en el sendero. Por los costados iban los que marchaban a pie, amenazados por las ruedas, cayendo a cada momento a las zanjas y tropezando unos con otros.

Los vehículos iban unos tras otros, dejando poco espacio para los otros coches más veloces, que de cuando en cuando se adelantaban al presentárseles una abertura propicia, obligando así a los caminantes a diseminarse contra las cercas y portales de las casas.

—¡Adelante! —era el grito—. ¡Adelante! ¡Ya vienen!

Sobre un carro viajaba un ciego, que vestía el uniforme del Ejército de Salvación. Iba haciendo ademanes vagos y gritaba:

—¡Eternidad! ¡Eternidad!

Su voz era ronca y muy potente, de modo que mi hermano lo oyó recién mucho después que el ciego se hubo perdido en el polvo del sur. Algunos de los que iban en los carros castigaban a sus caballos y reñían con los demás conductores; otros estaban inmóviles, con la vista fija en el vacío; otros se mordían las uñas o yacían postrados en el fondo de sus vehículos. Los caballos tenían los hocicos cubiertos de espuma y los ojos enrojecidos.

Había coches de plaza, carruajes cerrados, carros y carretas en número infinito. El carretón de un cervecero pasó rechinando con sus dos ruedas de ese lado salpicadas de sangre fresca.

–¡Abran paso! –gritaban todos–. ¡Abran paso!

–¡Eternidad! –continuaba exclamando el ciego.

Se veían mujeres bien vestidas con niños que lloraban y avanzaban a tropezones, con las ropas elegantes cubiertas de polvo y los rostros bañados en lágrimas. Con muchas de ellas avanzaban hombres: algunos, atentos; otros, salvajes y desconfiados. Al lado de ellos iban algunas mujeres de la calle, que vestían deslucidos trajes negros hechos jirones y proferían gruesas palabrotas. Había también obreros fornidos, hombres desaliñados vistiendo como dependientes, un soldado herido, individuos vestidos con el uniforme de empleados del ferrocarril y uno que sólo tenía puesto un camisón con un abrigo encima.

Pero a pesar de lo variado de su composición, aquella hueste tenía algo en común. Se notaba el miedo y el dolor en todos los rostros y el terror los impulsaba. Un tumulto en el camino, una pelea por un poco de espacio, hacía que todos apresuraran el paso. El calor y el polvo habían hecho ya su efecto en la multitud. Tenían el cutis reseco y los labios ennegrecidos y resquebrajados. Todos estaban sedientos, cansados y doloridos. Y entre los gritos diversos se oían disputas, reproches, gemidos de fatiga; las voces de casi todos eran roncas y débiles. Y continuamente se repetían estas palabras:

–¡Paso! ¡Paso! ¡Llegan los marcianos!

Pocos se detenían o se apartaban de la corriente. El sendero tocaba el camino carretero de manera oblicua y daba la impresión de llegar desde Londres. No obstante, muchos entraron en él; los más débiles salieron del montón para descansar un rato e introducirse nuevamente. A cierta distancia de la entrada yacía un hombre con una pierna al descubierto y envuelto en trapos ensangrentados. Lo acompañaban dos amigos.

Un viejo de menguada estatura, que lucía un bigote de corte militar y un sucio levitón negro, salió para sentarse junto al seto; se quitó un zapato –tenía el calcetín ensangrentado–, lo sacudió para sacarle un guijarro y volvió a reanudar la marcha. Poco después se arrojó bajo el seto una niñita de ocho o nueve años y rompió a llorar: –¡No puedo seguir! ¡No puedo seguir! Mi hermano salió de su estupefacción y la alzó en brazos para llevársela a la señorita Elphinstone.

Tan pronto como la tocó él, la niña se quedó completamente inmóvil, como si la dominara el miedo.

–¡Ellen! –chilló una mujer de la multitud–. ¡Ellen!

La niña se apartó entonces del coche para ir hacia el camino carretero gritando:

–¡Mamá!

–Ya vienen –dijo un jinete que cruzó frente a la entrada del sendero.

–¡Apártese del paso! –gritó un cochero desde lo alto de su vehículo, y mi hermano vio un carruaje cerrado que entraba en el camino.

La gente se apretujó para no ser aplastada por el caballo. Mi hermano retiró su coche hacia el seto y el cochero pasó para detenerse junto a la curva. El vehículo tenía una lanza para dos caballos, pero sólo uno iba atado a las riendas.

Mi hermano vio por entre el polvo que dos hombres bajaban del coche una camilla y la ponían sobre el césped.

Uno de ellos se le acercó a todo correr.

–¿Dónde hay agua? –preguntó–. Está moribundo y tiene sed. Es lord Garrick.

–¿Lord Garrick? –exclamó mi hermano–. ¿El juez supremo?

–¿Dónde hay agua?

–Quizá haya algún grifo en una de las casas. Nosotros no llevamos y no me atrevo a dejar a mi gente.

El otro se abrió paso por entre la multitud hasta la puerta de la casa de la esquina.

—¡Adelante! —le gritaban todos dándole empellones—. ¡Ya vienen! ¡Adelante!

Luego llamó la atención de mi hermano un hombre barbudo y de rostro afilado que llevaba un maletín de mano. El maletín se abrió en ese momento y de su interior cayó una masa de soberanos de oro, que se diseminó al dar en tierra. Las monedas rodaron por entre los pies de los hombres y las patas de los caballos. El hombre se detuvo y miró estúpidamente las monedas. En ese momento le golpeó la vara de un coche y le hizo trastabillar. Lanzó un aullido, volvió hacia atrás y la rueda de un carro le pasó rozando el cuerpo.

—¡Paso! —gritaron los que marchaban a su alrededor—. ¡Abran paso!

Tan pronto como hubo pasado el coche, el individuo se arrojó sobre la pila de monedas y comenzó a llevarlas a puñados a sus bolsillos. Un caballo llegó hasta él y un momento después el hombre se levantaba a medias para ser aplastado luego por los cascos.

—¡Cuidado! —gritó mi hermano, y apartando del paso a una mujer se esforzó por asir las riendas del animal.

Antes de que pudiera lograrlo oyó un grito bajo las ruedas y vio por entre el polvo que la llanta pasaba sobre la espalda del pobre desgraciado. El conductor del carro asestó un latigazo a mi hermano. Éste corrió en seguida hacia la parte posterior del vehículo. Los gritos lo aturdieron un tanto. El hombre se debatía en el polvo, entre su dinero, incapaz de levantarlo, porque la rueda habíale quebrado la columna vertebral y sus piernas no tenían movimiento. Mi hermano se irguió entonces, gritándole al conductor del coche siguiente, y un hombre que montaba en un caballo negro se adelantó para prestarle ayuda.

—Sáquelo del camino —dijo el jinete.

Tomándolo por el cuello de la levita, mi hermano comenzó a arrastrar al pobre hombre. Pero el otro seguía empeñado en recoger su dinero y miró a su benefactor con expresión colérica, mientras que lo golpeaba con el puño lleno de monedas.

—¡Adelante! ¡Adelante! —gritaban las voces de todos—. ¡Paso! ¡Paso!

Se oyó un ruido estrepitoso al golpear la vara de un carruaje contra la parte posterior del carro que detuviera el jinete.

Mi hermano levantó la vista y el hombre del oro volvió la cabeza para morderle la mano con que le tenía sujeto del cuello. Hubo un choque y el caballo negro se desvió de costado, mientras que avanzaba rápidamente. Uno de los cascos rozó el pie de mi hermano. Éste soltó al caído y dio un salto atrás. Vio entonces que la cólera era reemplazada por el terror en la cara del caído, y un momento después el pobre desgraciado quedaba oculto a su vista; mi hermano se vio arrastrado más allá de la entrada del sendero y debió hacer grandes esfuerzos para volver allí.

Vio que la señorita Elphinstone se cubría los ojos y que un niño miraba fijamente algo oscuro e inmóvil que había en el suelo y era aplastado cada vez más por las ruedas que pasaban.

—¡Volvamos atrás! —gritó entonces, e hizo volver al caballo—. No podemos cruzar este infierno.

Se alejaron por el sendero por espacio de unos cien metros, hasta que quedó oculta a su vista la vociferante multitud. Al pasar por la curva del camino vio mi hermano la cara del moribundo tendido en la zanja. Las dos mujeres se estremecieron al verlo.

Más allá de la curva se detuvo de nuevo mi hermano. La señorita Elphinstone estaba muy pálida y su cuñada lloraba desconsoladamente y se había olvidado ya de llamar a "George". Mi hermano se sintió horrorizado y perplejo a la vez. Tan pronto como retrocedieron comprendió lo inevitable y urgente que era intentar el cruce. Se volvió entonces hacia la joven.

—Debemos ir por allí —declaró, y de nuevo hizo volver al caballo.

Por segunda vez en ese día demostró la joven su fortaleza de carácter. Para abrirse paso por el torrente humano, mi hermano se internó en él y detuvo a un coche, mientras guiaba a su caballo hacia el otro lado. Un carro enganchó sus ruedas con las de ellos y siguió después de arrancar una larga astilla del cochecillo. Un momento después quedaban prisioneros del torrente y eran arrastrados hacia adelante. Con las marcas de los latigazos que le asestara el cochero, mi hermano saltó al coche y tomó las riendas de mano de la joven.

—Apunte al hombre que está detrás si nos empuja mucho —ordenó dándole el arma—. No…, apúntele al caballo.

Luego intentó desviarse hacia la derecha del camino. Sin embargo, una vez dentro de la corriente, pareció perder el control y formar parte de la caravana interminable. Cruzaron Chipping Barnet con el resto, y recién cuando estuvieron casi una milla más allá del pueblo pudieron abrirse paso hacia el otro lado del camino. Resulta difícil describir el ruido y la confusión; pero en el pueblo y más allá había varios caminos secundarios que, de alguna manera, aliviaron la presión de la caminata.

Tomaron hacia el este por Hadley, y se encontraron con una enorme multitud bebiendo en el arroyo y muchos otros peleando por llegar hasta el agua.

Desde una colina cercana a Sast Barnet, pudieron ver dos trenes avanzando muy lentamente, uno detrás del otro, sin orden ni señales, llenos de pasajeros, muchos de ellos sentados sobre los carbones del tender. Ambos viajaban hacia el norte por las vías del Gran Norteño.

La suposición de mi hermano era que se habrían llenado llenado fuera de Londres, porque el terror incontrolable de la población en aquel entonces había imposibilitado la entrada en las terminales.

Se detuvieron a descansar cerca de aquel lugar por el resto de la tarde, pues estaban agotados después de un día tan cargado de violencia. Ya comenzaban a padecer los rigores del hambre: era una noche fría y ninguno de ellos se animó a dormir. Al llegar la noche, por el camino pasaban muchas personas, huyendo de peligros desconocidos yendo hacia la misma dirección de la que había llegado mi hermano.

17
El Thunder Child

Si el objetivo de los marcianos hubiera sido únicamente la destrucción, el lunes mismo habrían podido destruir completamente a la población de Londres, que se iba extendiendo lentamente por los condados vecinos. La fuga desesperada se realizaba no sólo por Barnet, sino también por Edgware y Waltham Abbey, así como también a lo largo de los caminos al este de Southend y Shoeburyness y por el sur del Támesis hacia Deal y Broadstairs.

De haber sido posible sobrevolar Londres en un globo aquella mañana de junio, uno podría haber contemplado todos los caminos del norte y el este que salían del dédalo de calles salpicados de negro con los que huían, y cada puntito visto desde la altura habría sido un ser humano dominado por el horror y la incomodidad física.

He relatado en detalle en el capítulo anterior la descripción que me hizo mi hermano, a fin de que el lector pueda darse cuenta de las reacciones experimentadas por uno de los fugitivos. Nunca en la historia del planeta se ha trasladado una masa humana tan extraordinariamente grande y ha tenido tanto sufrimiento. Las famosas huestes de los godos y los hunos, los ejércitos más numerosos que vio Asia en toda su historia, habrían sido apenas una gota en aquel torrente. Y no estamos hablando de una marcha ordenada, sino una gigantesca y terrible estampida, sin ningún tipo de orden y sin rumbo definido: seis millones de personas, sin armas y sin provisiones, avanzando sin detenerse. Aquello fue el comienzo del fin de la civilización, de la gran tragedia de la humanidad.

Allí abajo el ocupante del globo habría visto el trazado de las calles en toda su extensión, las casas, iglesias, plazas, jardines – todo abandonado–, que se extendían como un enorme mapa..., y hacia el sur completamente borrado el dibujo. Sobre Ealing, Richmond, Wimbledon, le hubiera parecido que una pluma monstruosa había arrojado tinta sobre el mapa. Lenta e incesantemente se iba extendiendo cada manchón negro, lanzando ramificaciones por aquí y por allá, amontonándose a veces contra una elevación del terreno y derramándose luego rápidamente sobre un valle recién hallado, tal como una gota de tinta se extiende sobre un papel secante.

Y más allá, del otro lado de las colinas azules que se elevan al sur del río, los relucientes marcianos marchaban de un lado a otro, derramando calmosa y metódicamente su nube ponzoñosa sobre la región y disipándola luego con chorros de vapor cuando había servido a sus fines. Después tomaban posesión del terreno así ganado. No parecen haber tenido la idea de exterminar, sino más bien la de desmoralizar por completo al pueblo y acabar con la oposición. Hicieron estallar todos los depósitos de pólvora que hallaron, cortaron los cables telegráficos y arruinaron las vías ferroviarias. Estaban cortando los tendones de la humanidad. Parecían no tener apuro en extender el campo de sus operaciones, y aquel día no pasaron de la parte central de Londres.

Es posible que un número considerable de gente se haya quedado en sus casas durante el lunes por la mañana. Es seguro que muchos murieron en sus hogares, sofocados por el humo negro.

Hasta el mediodía el charco de Londres presentó un aspecto asombroso. Vapores y embarcaciones de toda clase se hallaban allí anclados, y se dice que muchos que nadaron hasta esas embarcaciones fueron rechazados a viva fuerza y se ahogaron. Alrededor de la una de la tarde apareció entre los arcos del puente de Blackfriards el resto de una nube de vapor negro. Al ocurrir esto, el charco se convirtió en la escena de confusión enloquecedora, de luchas y choques, y, por un tiempo, las barcas y lanchas se apretujaron en el arco norte del puente de la Torre y los marineros tuvieron que luchar salvajemente contra las personas que se les echaron encima desde el muelle. Muchos descendían por las columnas del puente…

Una hora más tarde, cuando apareció un marciano por detrás de la Torre del Reloj y se acercó por el río, no quedaban más que restos de embarcaciones cerca de Limehouse. Ya hablaré de la caída del quinto cilindro. El sexto cayó en Wimbledon. Mi hermano, que montaba la guardia mientras dormían las mujeres en el cochecillo, vio un destello verdoso sobre las colinas.

El martes habían seguido su marcha por la campiña en dirección a Colchester y el mar. Se confirmó entonces que los marcianos ocupaban ya todo Londres. Habían sido vistos en Haighgate y aun en Neasden. Pero mi hermano no los avistó hasta el día siguiente.

Aquel día, las multitudes diseminadas por la región comenzaron a comprender que necesitaban alimentos con urgencia. A medida que aumentaba el hambre comenzaron a dejarse de lado las consideraciones hacia los derechos ajenos. Los granjeros salieron a defender su ganado y sus graneros con armas en las manos. Como mi hermano, muchos se dirigían hacia el este, y hubo algunos desesperados que hasta regresaron a Londres en busca de alimentos. Éstos eran en su mayoría los pobladores de los suburbios del norte, que sólo conocían de oídas los efectos del humo negro. Mi hermano se enteró de que la mitad de los componentes del gobierno se habían reunido en Birmingham y que allí se estaban preparando grandes cantidades de explosivos para emplearlos en minas automáticas en los condados centrales.

Le dijeron también que la empresa ferroviaria Midland había reemplazado al personal que desertara en el primer día de pánico, acababa de reanudar sus servicios y hacía correr trenes desde St. Albans hacia el norte a fin de aliviar la congestión en los condados próximos a Londres. En Chipping Ongar había un gran cartel que anunciaba que en las poblaciones del norte se disponía de grandes reservas de harina y que antes de transcurrir veinticuatro horas se distribuiría pan entre las personas de los alrededores. Mas esto no le hizo renunciar al plan de huida que formulara, los trenes continuaron todo el día hacia el este y no vieron del pan más que la promesa. A decir verdad, lo mismo les ocurrió a todos los necesitados.

Aquella noche cayó la séptima estrella, ésta sobre Primrose Hill. Descendió mientras estaba de guardia la señorita Elphinstone, quien insistía en alternar los turnos con mi hermano.

Los tres fugitivos, que habían pasado la noche en un campo de trigo, llegaron el miércoles a Chelmsford y allí se incautó del caballo un grupo de ciudadanos que se hacía llamar Comité de Abastecimientos Públicos. Afirmaron que el animal se podía comer y no les dieron a cambio otra cosa que las promesas de que al día siguiente recibirían su parte del alimento. Por allí corría el rumor de que los marcianos se hallaban en Epping y se tuvo la noticia de que se había hecho volar la fábrica de pólvora de Waltham Abbey en una vana tentativa de destruir a uno de los invasores.

Desde las torres de las iglesias, la gente observaba el campo por si llegaban los marcianos. Mi hermano –por suerte para él, según resultó luego– prefirió seguir viaje de inmediato hacia la costa antes que esperar alimentos, aunque los tres estaban desfallecidos de hambre. Al mediodía pasaron por Tillingham, aldea en la que reinaba el silencio y que parecía desierta, excepción hecha de algunos furtivos saqueadores que andaban a la caza de alimentos. Cerca de Tillingham avistaron de pronto el mar y vieron la multitud más extraordinaria de embarcaciones que sea posible imaginar.

Después de que los marineros no pudieran seguir subiendo por el Támesis, se dirigieron a la costa de Essex, a Harwich y Walton. Las embarcaciones formaban una línea curva, que se perdía a lo lejos en dirección a Naze. Cerca de la costa había una multitud de barcas pesqueras inglesas, escocesas, francesas, holandesas y suecas; lanchas de vapor del Támesis, yates, botes eléctricos, y más allá se veían barcos de mayor tonelaje: una multitud de carboneros, fletadores, barcos de ganado, de pasajeros, tanques de petróleo, un viejo transporte de tropas y los de servicio de Southampton y Hamburgo, y a lo largo de la costa azul, al otro lado de Blackwater, mi hermano pudo distinguir vagamente un enjambre de botes, cuyos tripulantes regateaban con la gente de la playa.

A unas dos millas mar afuera se hallaba un barco de guerra de líneas muy bajas. Era el destructor Thunder Child. Éste era el único barco de guerra que había a la vista; pero muy lejos, hacia la derecha, se divisaba una nube de humo negro, que indicaba la presencia de los otros barcos de la flota del Canal, que formaban una hilera muy extendida y estaban listos para entrar en acción, Se hallaban de guardia al otro lado del estuario del Támesis y allí estuvieron, durante el curso de la conquista marciana, vigilantes, pero incapaces de evitar la derrota.

Al ver el mar, la señora Elphinstone fue presa del terror. Jamás había salido de Inglaterra; hubiera preferido morir antes que encontrarse sin amigos en una tierra extraña. La pobre mujer parecía imaginar que los franceses y marcianos debían ser muy similares. Durante los dos días de viaje se había tornado cada vez más histérica y deprimida. Su idea predominante era la de volver a Stanmore. Allí siempre había estado a salvo. Allí encontrarían a "George"...

Con gran dificultad consiguieron llevarla hasta la playa, donde poco después logró mi hermano llamar la atención de algunos que estaban a bordo de un vapor de ruedas procedente del Támesis. Les mandaron un bote y les cobraron treinta y seis libras por los tres. El barco iba rumbo a Ostende, según les dijeron.

Eran más o menos las dos cuando, después de pagar el pasaje a la entrada, mi hermano se encontró a bordo del barco con sus dos compañeras. A bordo había alimentos, aunque a precios exorbitantes, y los tres comieron sentados en uno de los bancos de proa.

Había ya unos cuarenta pasajeros, algunos de los cuales gastaron hasta el último penique para pagar el pasaje; pero el capitán se detuvo en Blackwater hasta las cinco de la tarde, cargando más gente hasta que la cubierta estuvo completamente atestada. Probablemente se habría quedado más tiempo de no haber sido por los cañonazos que comenzaron a resonar a esa hora en el sur. Como respuesta a las detonaciones, el barco de guerra disparó un cañón pequeño e izó una serie de banderines. De sus chimeneas salió una espesa nube de humo negro.

Algunos de los pasajeros opinaban que los disparos provenían de Shoeburyness, hasta que se notó que las detonaciones resonaban cada vez más cerca. Al mismo tiempo, en dirección al sudeste, aparecieron en el mar los mástiles y puentes de tres acorazados que se aproximaban a toda marcha. Pero la atención de mi hermano se desvió hacia el sur y le pareció ver una columna de humo que se elevaba en la lejanía.

El vapor de ruedas avanzaba ya hacia el este de la larga hilera de embarcaciones y la costa baja de Essex se dibujaba en la distancia cuando apareció un marciano muy a lo lejos, avanzando por la barrosa orilla desde la dirección de Foulness.

Al ver esto el capitán comenzó a maldecir enfurecido por haberse demorado tanto y las ruedas parecieron contagiarse de su temor.

Todos los pasajeros se pararon sobre las amuras o los bancos para mirar a aquel gigante, más alto que los árboles o las torres de tierra, y que avanzaba con paso semejante al de los seres humanos.

Era el primer marciano que veía mi hermano y se quedó más asombrado que temeroso observando al titán, que avanzaba deliberadamente hacia las embarcaciones, introduciéndose cada vez más en el agua a medida que se alejaba de la costa.

Luego, mucho más allá del Crouch, apareció otro, que pasaba sobre los árboles, y después otro, más lejano aun, avanzando por un reluciente llano barroso que parecía cernirse a mitad de camino entre el mar y el cielo.

Todos iban hacia el mar, como si quisieran impedir la huida de las numerosas embarcaciones que se hallaban entre Foulness y el Naze.

A pesar de que la maquinaria del barco funcionaba a todo vapor, y de la espuma que levantaban las ruedas a su paso, no logró alejarse con suficiente velocidad.

Al mirar hacia el sudoeste, mi hermano vio que las otras embarcaciones emprendían ya la huida; un barco pasaba a otro; una lancha se cruzó delante de un remolcador; salía humo de todas las chimeneas y se oía el zumbar de las sirenas. Le fascinó tanto esto y el peligro que se aproximaba por la izquierda, que no se fijó en lo que ocurría mar adentro. Y entonces lo arrojó del banco en que estaba sentado una súbita maniobra del vapor, que se desviaba del paso de otra embarcación para no ser hundido. A su alrededor se oyeron gritos, ruido de pasos y un hurra que pareció ser contestado desde lejos. Se inclinó el vapor y lo hizo rodar por la cubierta.

Al fin se puso de pie y vio a estribor, a menos de cien metros de distancia, una enorme mole de acero con la forma de la hoja de un arado que cortaba el agua y la arrojaba hacia ambos lados en olas enormes que agitaron al vapor, inclinándolo de tal modo que sus ruedas quedaron por momentos en el aire.

Una lluvia de espuma lo cegó por unos segundos. Cuando volvió a aclarársele la vista vio que el monstruo había pasado y avanzaba velozmente hacia la costa. De la larga estructura se alzaban grandes puentes y en lo alto se veían dos chimeneas que lanzaban al aire grandes columnas de humo negro salpicado de rojo. Era el destructor Thunder Child, que iba a defender a las embarcaciones en peligro.

Mi hermano logró mantener el equilibrio tomándose de la amura y miró de nuevo hacia los marcianos, viendo que los tres se hallaban ahora muy cerca uno del otro y que habían avanzado tanto mar adentro que sus trípodes estaban sumergidos casi por entero. Así hundidos y vistos tan de lejos no parecían más formidables que la enorme mole de acero del destructor.

Al parecer, los marcianos observaban a su nuevo antagonista con cierto asombro. Es posible que lo consideraran como uno de ellos. El Thunder Child no disparó sus cañones, sino que siguió avanzando a todo vapor en dirección a los monstruos. Probablemente fue este detalle el que le permitió acercarse tanto al enemigo. Los marcianos no sabían qué era. Un solo disparo y lo habrían hundido de inmediato con su rayo calórico.

El destructor avanzaba a tal velocidad, que en un minuto pareció hallarse a mitad de camino entre el vapor de ruedas y los marcianos.

De pronto, el marciano que se encontraba más adelante bajó su tubo y descargó un recipiente del gas negro contra el barco de guerra. El proyectil golpeó contra el costado del casco y derramó un chorro de la negra sustancia, que se desvió hacia estribor, levantándose luego en una nube de la que escapó el destructor.

Para los que miraban desde el vapor de ruedas, a tan poca altura sobre el agua y con el sol en los ojos, pareció que se hallaban ya entre los marcianos.

Vio que los monstruos se separaban y se levantaban sobre el agua al retroceder hacia la tierra, y uno de ellos levantó el generador del rayo calórico. Apuntó con él hacia abajo y una nube de vapor se levantó del agua al tocarla el rayo. Seguramente atravesó el casco del destructor como un hierro candente atraviesa un papel.

Una llamarada súbita apareció por entre el vapor, que se elevaba, y el marciano se tambaleó entonces. Un momento más y se desplomaba, elevándose hacia lo alto gran cantidad de agua y de vapor. Resonaron los cañones del Thunder Child, disparando uno tras otro, y una bala golpeó en el agua muy cerca del vapor de ruedas, rebotando sobre otros barcos que huían hacia el norte y haciendo añicos una lancha.

Pero nadie se fijó mucho en eso. Al ver la caída del marciano, el capitán lanzó gritos inarticulados, que fueron repetidos por los pasajeros, apiñados a popa. Y luego volvieron a gritar, pues de las nubes blancas de vapor salió algo negro y largo que, aun siendo presa de las llamas, continuaba el ataque.

El destructor seguía con vida. Según parece, el mecanismo de la dirección estaba intacto y sus máquinas continuaban en funcionamiento. Se dirigió con derechura hacia el segundo marciano, y estaba a menos de cien metros del gigante cuando volvió a entrar en acción el rayo calórico. Entonces hubo una explosión violenta, un destello cegador, y sus cubiertas y chimeneas saltaron hacia el cielo. El marciano se tambaleó debido a la violencia de la explosión y un momento después la ruina humeante, que continuaba avanzando con el ímpetu de su paso, le había golpeado, destrozándolo como si fuera un muñeco de cartón. Mi hermano lanzó un grito involuntario y en seguida se levantó una nube de humo y vapor que ocultó la escena.

—¡Dos! —aulló el capitán.

Todos gritaban, y los gritos fueron repetidos por los ocupantes de las otras embarcaciones, que se alejaban mar adentro.

La nube de vapor se mantenía sobre el agua, manteniendo ocultos a los marcianos y a la costa, y así se mantuvo por largo rato. Y durante ese tiempo el vapor se iba alejando del lugar. Cuando, al fin, se aclaró la confusión, se interpuso la nube negra del gas ponzoñoso y ya no pudo verse ni al tercer marciano ni a lo que quedaba del Thunder Child. Pero ahora los otros barcos de guerra se encontraban muy cerca y avanzaban muy lentamente hacia tierra.

El pequeño barco siguió internándose en el mar y los acorazados se alejaron en dirección a la costa, la cual se hallaba ahora oculta por una nube de vapor y gas negro, que se combinaba de una manera muy extraña.

La flota fugitiva se dispersaba hacia el noreste y varios veleros navegaban entre los buques de guerra y el vapor de ruedas. Luego de un tiempo, y antes de llegar a la nube de vapor, los acorazados cambiaron su rumbo hacia el norte, hicieron otro viraje y volvieron a alejarse en dirección al sur. La costa, finalmente, se perdió de vista.

El tronar de los cañones llegó hasta los viajeros en ese momento. Todos se amontonaron en la borda para mirar hacia el oeste, pero no lograron ver nada con claridad. Una gran masa de humo se elevaba y ocultaba el sol. El barco siguió avanzando a toda máquina.

Entre nubes grises se hundió el sol, el cielo se fue oscureciendo y en lo alto empezó a titilar una única estrella solitaria. La noche estaba casi por completo instalada cuando el capitán emitió un grito e señaló hacia lo alto.

Mi hermano se esforzó para ver. De aquella masa gris oscura algo se elevó hacia lo alto y avanzó de manera oblicua y con gran rapidez por entre las nubes de occidente. Era algo plano y muy grande que describía una gran curva. Fue haciéndose cada vez más pequeño, se hundió con lentitud y volvió a perderse en el misterio de la noche. Tras su vuelo, dejó caer sobre la Tierra una lluvia de tinieblas.

LIBRO SEGUNDO

LA TIERRA DOMINADA POR LOS MARCIANOS

1
Aplastados

En el primer libro me he apartado de mis aventuras para relatar las experiencias de mi hermano, y mientras acontecía lo narrado en los dos últimos capítulos, el cura y yo hemos estado escondidos en la casa abandonada de Halliford, sitio al que huimos para escapar del humo negro.

Desde allí retomo mi narración.

Permanecimos en esa casa el domingo por la noche y todo el día siguiente –que fue el del pánico–, en una pequeña isla de luz separada del resto del mundo por el humo negro. No había nada por hacer más que esperar en la mayor inactividad durante esas cuarenta y ocho horas.

A mí, la situación de mi esposa me provocaba mucha ansiedad. Me la imaginé en Leatherhead, completamente aterrorizada, en peligro, creyéndome muerto. Caminé por las habitaciones y lancé exclamaciones pensando en cuán apartado estaba de ella y en todo lo que podría sucederle durante nuestra separación. Sabía que mi primo era un hombre capaz de hacer frente a cualquier situación; pero no era la clase de sujeto que se diera cuenta del peligro muy rápidamente y que obrara sin demoras. Lo que realmente se necesitaba en esos momentos no era bravura, sino prudencia.

No obstante, me consolaba pensar que los marcianos se dirigían hacia Londres, alejándose de ella. Esos leves temores me volvieron demasiado sensitivo. Y pronto me sentí irritado ante las interminables exclamaciones del cura. Me cansé de ver su desesperación egoísta. Después de reñirle inútilmente me aparté de él, quedándome en un cuarto en el que había globos, juegos y cuadernos, por él, me siguió hasta allí, entonces me fui al desván y me encerré, pero me siguió hasta allí también. Entonces me fui al altillo y me encerré, para estar a solas con mis preocupaciones.

Todo ese día y la mañana del siguiente estuvimos completamente cercados por el humo negro. El domingo por la noche vimos señales de que había gente en la casa vecina; una cara en una ventana y algunas luces que se movían, así como también el ruido de una puerta al cerrarse. Mas no sé quiénes eran ni qué fue de ellos. Al día siguiente no los vimos más. El humo negro se deslizó lentamente hacia el río durante toda la mañana del lunes, acercándose cada vez más a nosotros y pasando, al fin, por el camino próximo a la casa que nos servía de escondite.

Alrededor del mediodía se presentó un marciano para dispersar el humo con un chorro de vapor, que silbó al tocar las paredes, destrozó todas las ventanas y quemó la mano del cura cuando éste huyó de la sala.

Cuando nos adelantamos, al fin, por las habitaciones empapadas y volvimos a mirar hacia afuera, el terreno exterior parecía haber sido cubierto por una abundante nieve negra. Al mirar hacia el río nos asombró ver algo rojo que se mezclaba con la negrura de la campiña quemada.

Por un tiempo no comprendí en qué sentido afectaba esto nuestra situación, salvo que nos veíamos libres, al fin, del terrible humo negro. Pero después caí en la cuenta de que ya no estábamos prisioneros, de que podíamos escapar. Tan pronto como me di cuenta de esto volví a formular mis planes de acción. Pero el cura se mostró poco razonable y nada dispuesto a seguirme.

—Aquí estamos a salvo —expresó varias veces.

Decidí dejarlo. ¡Ojalá lo hubiera hecho! Mejor preparado ahora por las enseñanzas del artillero, busqué alimento y bebida. Había hallado aceite y algunos trapos para tratar mis quemaduras y tomé también un sombrero y una camisa de franela que estaban en uno de los dormitorios.

Cuando mi compañero se dio cuenta de que me iría solo se decidió, al fin, a acompañarme. Y como reinó la calma durante toda la tarde partimos a eso de las cinco por el camino ennegrecido que se extendía hacia Sunbury.

En esta población, así como también a lo largo del camino, había cadáveres tendidos en diversas actitudes –tanto de hombres como de caballos–, carros volcados y maletas diseminadas, todo ello cubierto por un polvo negro.

Aquel manto de polvo negro me hizo pensar en lo que había leído sobre la destrucción de Pompeya.

Llegamos a Hampton Court sin dificultades y allí nos alivió un tanto ver un trozo de terreno herboso que asomaba por entre la negrura circundante.

Cruzamos Bushey Park, por donde avistamos a algunos hombres y mujeres que se alejaban en dirección a Hampton, y así llegamos a Twickenham. Aquellas eran las primeras personas que veíamos.

Del otro lado del camino, más allá de Ham y Petersham, los bosques seguían ardiendo. Twickenham no había sufrido los efectos del rayo calórico ni del humo negro y allí encontramos algunas personas, aunque nadie pudo darme ninguna noticia. En su mayoría eran como nosotros y aprovechaban la calma momentánea para cambiar de refugio.

Tengo la impresión de que muchas de las casas seguían ocupadas por sus atemorizados dueños, los cuales no se atrevían a huir. Allí también se veía la evidencia de una fuga apresurada por el camino. Recuerdo vividamente tres bicicletas destrozadas y aplastadas por las ruedas de los vehículos que les habían pasado por encima.

Alrededor de las ocho y media cruzamos el puente de Richmond, y al hacerlo noté que flotaba por el río una gran masa roja de varios metros de anchura. No sé lo que era –no tuve tiempo para estudiarla– y la consideré como algo más horrible de lo que resultó ser en realidad. También allí, en el lado de Surrey, estaba el polvo negro que fuera humo y muchos cadáveres cerca de la estación. No vimos a los marcianos hasta que nos encontramos a cierta distancia de Barnes.

A lo lejos avistamos a un grupo de tres personas, que corrían por una calle transversal en dirección al río. Colina arriba, el pueblo de Richmond estaba ardiendo; en las afueras de la población no había rastros del humo negro.

De pronto, cuando nos acercábamos a Kew, llegó corriendo un grupo de gente y sobre los tejados vimos la parte superior de una de las máquinas guerreras de los marcianos, a menos de cien metros de nosotros.

Nos quedamos anonadados ante el peligro, y si el marciano hubiera mirado hacia abajo habríamos perecido de inmediato. Estábamos tan aterrorizados que no nos atrevimos a seguir adelante, sino que nos desviamos para escondernos en el cobertizo de un jardín. Allí se acurrucó el cura, llorando silenciosamente y negándose a moverse.

Pero mi idea de llegar a Leatherhead no me daba descanso; al oscurecer volví a salir. Avancé por entre los setos y a lo largo de un pasaje paralelo a una casa que se elevaba en medio de un amplio terreno, saliendo así al camino que iba a Kew. El cura salió entonces del cobertizo para seguirme.

Aquella segunda salida fue la locura más grande que cometí, pues era evidente que los marcianos se hallaban en los alrededores. No acababa de alcanzarme mi compañero cuando vimos otro de los gigantes en dirección a Kew Lodge. Cuatro o cinco figuras negras corrían frente a él por un campo, y en seguida nos dimos cuenta de que el marciano los perseguía. En tres zancadas estuvo junto a ellos y los fugitivos se alejaron de entre sus piernas en todas direcciones. No empleó su rayo calórico para matarlos, sino que los fue apresando uno por uno. Aparentemente, los arrojaba al interior de un gran cajón metálico que llevaba colgado atrás, tal como los canastos que llevan pendientes del hombro los pescadores.

Fue la primera vez que comprendí que los marcianos podrían tener otras intenciones que no fueran la de destruir a la humanidad vencida. Por un momento nos quedamos petrificados; luego giramos sobre nuestros talones y transpusimos la puerta que teníamos a nuestra espalda para entrar en un jardín cerrado. Caímos luego en una zanja y allí nos quedamos, sin atrevernos a susurrar siquiera hasta que brillaron las estrellas en el cielo.

Creo que eran ya las once de la noche cuando cobramos suficiente valor para salir de nuevo. Esta vez no nos aventuramos por el camino, sino que avanzamos sigilosamente por entre los setos y plantaciones, mientras que estudiábamos la oscuridad circundante en busca de los marcianos, que parecían hallarse por todas partes. En un punto pasamos sobre un área quemada y ennegrecida, que ahora se estaba enfriando. Vimos también un número de cadáveres horriblemente quemados en la cabeza y los hombros, pero con las piernas intactas. A unos quince metros de una hilera de cañones destrozados había numerosos caballos muertos.

Sheen había escapado de la destrucción, pero la aldea estaba silenciosa y desierta. Allí no encontramos muertos, aunque la noche era demasiado oscura para que pudiéramos ver las calles laterales. En Sheen se quejó de pronto mi compañero de que sufría hambre y sed y decidimos probar suerte en una de las casas.

La primera en la que entramos, después de forzar una ventana, era una villa apartada de las demás. Allí no encontramos otro comestible que un trozo de queso viejo. Mas había agua para beber, y me apoderé de un hacha pequeña, que me serviría para entrar en alguna otra vivienda.

Cruzamos el camino hasta un lugar donde el mismo describe una curva en dirección a Mortlake. Allí se elevaba una casa blanca en el centro de un jardín cerrado, y en la despensa encontramos cierta cantidad de alimentos. Había dos panes grandes, un bistec crudo y medio jamón. Doy estos detalles tan precisos porque ocurrió que estábamos destinados a subsistir con esas provisiones durante los quince días siguientes. Bajo un anaquel encontramos varias botellas de cerveza y había dos bolsas de alubias y un poco de lechuga. La alacena daba a una cocina, en la que había leña. En un armario descubrimos cerca de una docena de botellas de vino, latas de sopa y salmón y dos latas de bizcochos.

Nos sentamos en la cocina, sin atrevernos a encender la luz, y comimos pan y jamón, bebiendo también el contenido de una botella de cerveza. El cura, que seguía mostrándose atemorizado e inquieto, sugirió que siguiéramos viaje, y yo le estaba recomendando que repusiera sus fuerzas con el alimento cuando sucedió lo que habría de aprisionarnos.

–Todavía no puede ser medianoche –dije.

En ese momento hubo un destello cegador de luz verdosa. Toda la cocina quedó iluminada fugazmente para oscurecer casi en seguida.

Siguió luego una conmoción tal como jamás he vuelto a oír. Casi instantáneamente resonó detrás de mí un tremendo golpe, el estrépito de muchos vidrios, un estruendo y el ruido de las paredes que se desplomaban a nuestro alrededor. Acto seguido se nos vino encima el revoque del cielorraso, haciéndose añicos sobre nuestras cabezas.

Yo caí contra la manija del horno y quedé atontado. Estuve sin sentido durante largo rato, según me dijo luego el cura, y cuando me recobré estábamos de nuevo en la oscuridad y él tenía la cara empapada en sangre, que le manaba de una herida en la frente.

Por un tiempo no pude recordar lo que había pasado. Luego me fui haciendo cargo poco a poco de lo sucedido.

–¿Está mejor? –me preguntó el cura en voz muy baja.

Me senté entonces para responderle.

–No se mueva –me dijo–. El piso está cubierto de fragmentos de loza y vasos del armario. No se puede mover sin hacer ruido y creo que ellos están fuera.

Nos quedamos tan en silencio, que pudimos oír mutuamente el sonido leve de nuestra respiración. Todo parecía en calma, aunque en cierta oportunidad cayó un poco de revoque de la pared y dio en el suelo con un golpe sordo. En el exterior, y muy cerca de nosotros, resonaba un ruido metálico intermitente.

–¡Eso! –dijo el cura cuando se repitió el sonido.

–Sí –repuse–. ¿Pero que es?

–Un marciano.

Volví a prestar atención.

–No se parece al rayo calórico –expresé, y por un momento tuve la idea de que una de las máquinas guerreras de los marcianos había tropezado con la casa, tal como aquella otra que viera derribar la torre de la iglesia de Shepperton.

Nuestra situación era tan extraña e incomprensible, que durante tres o cuatro horas, hasta que llegó el alba, no nos movimos casi nada. Y entonces se filtró la luz al interior de la casa, aunque no por la ventana, que siguió oscura, sino por una abertura triangular entre un tirante y un montón de ladrillos rotos en la pared a nuestra espalda. Por primera vez vimos vagamente la cocina en que nos hallábamos.

La ventana había sido destrozada por una masa de tierra negra, que llegaba hasta la mesa a la que habíamos estado sentados. Fuera, la tierra se apilaba hasta gran altura contra el costado de la casa. En la parte superior del marco de la ventana pude ver un caño arrancado del suelo.

El piso estaba cubierto de loza destrozada; el extremo de la cocina que daba al cuerpo principal del edificio estaba derribado, y como por allí brillaba la luz del día, era evidente que la mayor parte de la casa se había desplomado.

Contrastando vívidamente con toda esta ruina vimos que el armario estaba intacto con gran parte de su contenido.

Al aclararse la luz observamos por la abertura de la pared el cuerpo de un marciano, que, según supongo, montaba la guardia junto al cilindro, todavía candente.

Ante tal espectáculo nos alejamos todo lo posible de la luz y fuimos hacia la oscuridad del lavadero.

Bruscamente me hice cargo de lo ocurrido.

–El quinto cilindro –susurré–. El quinto disparo de Marte ha dado en esta casa y nos ha atrapado entre las ruinas.

Durante un momento estuvo el cura en silencio; luego murmuró:

–¡Que Dios se apiade de nosotros!

Poco después le oí sollozar por lo bajo.

Excepto ese sonido, guardamos absoluto silencio. Yo apenas si me atrevía a respirar, y me quedé con los ojos fijos en la tenue luz que llegaba desde la puerta de la cocina. Llegaba a ver mínimamente la cara pálida del cura, su cuello y sus puños. Afuera empezó a resonar un martilleo metálico, al que siguió un ulular violento. Un rato más tarde, después de un momento de silencio, esuchamos un silbido similar al escape de una máquina de vapor.

Estos misteriosos ruidos continuaron de manera intermitente

y terminaron en una vibración violenta, que provocó el temblor de todo lo que nos rodeaba y saltar los recipientes que había en el armario. En determinado momento se eclipsó la luz y la entrada de la cocina quedó por completo a oscuras. Nos quedamos allí, acurrucados en silencio y temblorosos, durante muchas horas, hasta que, al fin, se agotaron nuestras fuerzas.

Cuando desperté sentía hambre. Supongo que debe haber transcurrido casi todo un día antes de despertarme. Mi hambre insistía y me obligó a entrar en acción. Le dije a mi compañero que iba a buscar alimentos y avancé a tientas hacia la despensa. Él no me respondió, pero en cuanto empecé a comer oí que se acercaba arrastrándose.

2

Lo que vimos desde las ruinas

Luego de haber comido volvimos al lavadero, y allí debo haberme dormido otra vez, pues cuando levanté la cabeza de nuevo me hallé solo. La vibración y los golpes no cesaban. Su persistencia era agotadora. Varias veces llamé al cura en voz baja, y finalmente avancé a tientas hasta la puerta de la cocina.

Aún era de día y pude verlo al otro lado del cuarto apoyado contra la abertura triangular que daba al sitio en el que se encontraban los marcianos. Tenía los hombros levantados y no pude verle la cabeza.

Oí una serie de ruidos, parecidos a los de un taller mecánico, y las paredes temblaban con la continua vibración de los golpes. A través de la abertura pude ver la copa de un árbol pintada de oro y el azul del cielo tranquilo de la tarde.

Me quedé mirando al cura por un momento, y al fin avancé con mucho cuidado por entre los fragmentos de loza que cubrían el piso.

Toqué la pierna de mi compañero y él se sobresaltó tan violentamente, que derribó un trozo de revoque que cayó al suelo haciendo mucho ruido. Lo tomé del brazo temiendo que gritara y durante un rato prolongado nos quedamos completamente inmóviles.

Me di vuelta para ver lo que quedaba de la pared. La caída del revoque había dejado un agujero vertical. Me levanté cuidadosamente y sobre el tirante pude ver por allí hacia lo que el día anterior había sido un tranquilo camino suburbano. Inmenso fue el cambio que vi.

El quinto cilindro debe haber caído exactamente sobre la casa que visitáramos primero. El edificio había desaparecido, completamente pulverizado y lanzado a los cuatro vientos por el golpe.

El cilindro yacía ahora mucho más abajo de los cimientos originales, en un profundo agujero, ya mucho más amplio que el pozo que viera yo en Woking. Toda la tierra de alrededor había saltado ante el tremendo impacto y formaba montones que tapaban las casas adyacentes. Había salpicado igual que el barro al recibir el golpe violento de un martillo.

Nuestra casa se había desplomado hacia atrás; la parte delantera, incluso el piso bajo, estaba completamente destruida; por casualidad se salvaron la cocina y el lavadero, los cuales estaban ahora sepultados bajo la tierra y las ruinas por todas partes menos por el lado que daba al cilindro.

Estábamos, pues, al borde mismo del gran foso circular que los marcianos se ocupaban en abrir. Los golpes que oíamos procedían de atrás, y a cada momento se levantaba una nube de vapor verdoso que nos obstruía la visión.

El proyectil se había abierto ya en el centro del pozo, y sobre el borde más lejano del agujero, entre los restos de los setos, vimos una de las grandes máquinas de guerra, abandonada ahora por su ocupante, y destacándose en toda su altura contra el cielo.

Al principio no me fijé mucho en el pozo o en el cilindro, aunque me ha resultado más conveniente describirlos primero. Lo que más me llamó la atención en aquellos momentos fue el extraordinario mecanismo reluciente que realizaba trabajos en la excavación, y también las extrañas criaturas que se arrastraban lenta y penosamente sobre un montón de tierra próximo.

El mecanismo me interesó más que nada. Era uno de esos complicados aparatos que después dimos en llamar máquinas de trabajo y cuyo estudio ha dado ya un tremendo impulso a los inventos terrestres.

A primera vista parecía ser una especie de araña metálica dotada de cinco patas articuladas y muy ágiles y con un número extraordinario de palancas, barras y tentáculos. La mayoría de sus brazos estaban metidos en el cuerpo; pero con tres largos tentáculos retiraba un número de varas, chapas y barras que fortificaban las paredes del cilindro. Al irlas extrayendo las levantaba para depositarlas sobre un espacio llano que tenía detrás.

Sus movimientos eran tan rápidos, complejos y perfectos, que al principio no la tomé por una máquina, a pesar de su brillo metálico. Las máquinas de guerra estaban extraordinariamente bien coordinadas en todos sus movimientos, pero no podían compararse a la que miraba ahora. La gente que nunca ha visto estas estructuras y sólo puede guiarse por los vanos esfuerzos de los dibujantes y las descripciones imperfectas de testigos oculares, como yo, no se da cuenta de la cualidad de vida que poseían.

Recuerdo particularmente la ilustración incluida en uno de los primeros folletos que se publicaron para dar al público un relato consecutivo de la guerra. Es evidente que el artista hizo un estudio apresurado de una de las máquinas guerreras, y allí terminaba su conocimiento de la materia. Las presentó como trípodes fijos, sin flexibilidad ninguna y con una monotonía de efecto muy engañadora. El folleto que contenía estos dibujos estuvo muy en boga y lo menciono aquí simplemente para advertir al lector contra la impresión que puedan haber creado. Se parecían tanto a los marcianos que yo vi en acción como puede parecerse un muñeco holandés a un ser humano. En mi opinión, el folleto habría resultado mucho más útil sin ellos.

Al principio, como dije, la máquina de trabajo no me dio la impresión de que fuera tal, sino más bien una criatura parecida a un cangrejo con un tegumento reluciente, mientras que el marciano que la controlaba y que con sus delicados tentáculos provocaba sus movimientos me pareció simplemente el equivalente a la porción cerebral del cangrejo. Pero luego percibí la semejanza de su pie gris castaño y reluciente con la de los otros cuerpos que se hallaban tendidos en el sucio, y entonces me hice cargo de la verdadera naturaleza del habilísimo obrero. Al darme cuenta de esto mi interés se desvió entonces hacia los verdaderos marcianos. Ya había tenido una impresión pasajera de ellos y no oscurecía ahora mi razón el primer momento de repugnancia. Además, me hallaba oculto e inmóvil y no me veía obligado a huir.

Vi entonces que eran las criaturas más extraterrestres que imaginarse pueda. Eran enormes cuerpos redondeados –más bien debería decir cabezas–, de un metro veinte de diámetro, y cada uno tenía delante una cara. Esta cara no tenía nariz– los marcianos parecen no haber tenido el sentido del olfato –, sino sólo un par de ojos muy grandes y de color oscuro, y debajo de ellos una especie de pico carnoso. En la parte posterior de la cabeza o cuerpo –no sé cómo llamarlo– había una superficie tirante que oficiaba de tímpano y a la que después se ha considerado como la oreja, aunque debe haber sido casi inútil en nuestra atmósfera, más densa que la de Marte.

En un grupo alrededor de la boca había dieciséis tentáculos delgados y semejantes a látigos, dispuestos en dos montones de ocho cada uno. Estos montones han sido llamados manos por el profesor Howes, el distinguido anatomista.

Cuando vi a esos marcianos parecían todos esforzarse por alzarse sobre esas manos; pero, naturalmente, con el peso aumentado debido a la mayor gravedad de la Tierra, esto les resultaba imposible. Hay razones para suponer que en su planeta materno deben haber avanzado sobre ellos con relativa facilidad.

Diré de paso que el estudio de estos seres ha demostrado después que su anatomía interna era muy sencilla. La mayor parte de la estructura era el cerebro, que enviaba enormes nervios a los ojos, oreja y tentáculos táctiles. Además de esto estaban los complicados pulmones, a los que daba la boca directamente, y luego el corazón y sus arterias. La laboriosa función pulmonar causada por nuestra atmósfera, más densa, y por la mayor atracción gravitacional era claramente evidente en los convulsivos movimientos de sus cuerpos.

Y esté es el total de los órganos marcianos. Por extraño que el detalle pueda parecer a un ser humano, todo el complejo aparato de la digestión, que forma la mayor parte de nuestros cuerpos, no existe en los marcianos. Eran cabezas, solamente cabezas. Entrañas no tenían. No comían y, naturalmente, no tenían nada que digerir. En cambio, se apoderaban de la sangre fresca de otros seres vivientes y la inyectaban en sus venas. Yo mismo: los he visto hacer esto, como lo mencionaré a su debido tiempo. Pero aunque se me tache de demasiado escrupuloso, no puedo decidirme a describir lo que no me fue posible estar mirando mucho tiempo. Baste decir que la sangre obtenida de un animal todavía vivo, en la mayoría de los casos de un ser humano, era introducida directamente en el canal receptor por medio de una pipeta pequeña…

Sin duda alguna, la sola idea de este procedimiento nos resulta horriblemente repulsiva, mas al mismo tiempo opino que deberíamos recordar lo repulsivos que habrían de parecer nuestros hábitos carnívoros a un conejo dotado de facultades razonadoras.

Son innegables las ventajas fisiológicas de la práctica de la inyección de sangre. Para aceptarlas basta pensar en el tremendo derroche de tiempo y energía que es para los humanos la función de comer y el proceso digestivo. Nuestros cuerpos están constituidos casi por completo por glándulas, conductos y órganos cuya función es la de convertir en sangre los alimentos más heterogéneos. Los procesos digestivos y sus reacciones sobre el sistema nervioso consumen nuestras fuerzas y afectan nuestras mentes. Los hombres suelen ser felices o desdichados según tengan el hígado sano o enfermo o de acuerdo con el funcionamiento de sus glándulas gástricas. Pero los marcianos se encuentran elevados en un plano superior a todas estas fluctuaciones orgánicas de estados de ánimo y emoción.

Su innegable preferencia por los hombres para que les sirvieran de alimento se explica, en parte, por los restos de las víctimas que trajeron con ellos desde Marte como provisión. Estas criaturas, según podemos juzgar por los despojos que cayeron en manos humanas, eran bípedos, con frágiles esqueletos silíceos (casi como el de las esponjas silíceas) y débil musculatura, de un metro ochenta de estatura, cabeza redonda y grandes ojos. Al parecer, trajeron dos o tres en cada cilindro y todos murieron antes de llegar a tierra. Es mejor que así fuera, pues el esfuerzo de querer pararse en nuestro planeta habría destrozado todos los huesos de sus cuerpos.

Y ya que estoy ocupado en esta descripción agregaré algunos detalles, que aunque no fueron evidentes para nosotros en aquel entonces, permitirán al lector que no los conoce formarse una idea más clara de lo que eran estas criaturas tan belicosas.

En otros tres puntos diferían fisiológicamente de nosotros. Estos seres no dormían nunca, como no lo hace el corazón del hombre. Como no tenían un gran sistema muscular que debiera recuperarse de sus fatigas, la extinción periódica que es el sueño era desconocida para ellos. No parecen haber conocido lo que es el cansancio. En nuestra Tierra jamás pudieron moverse sin hacer grandes esfuerzos; sin embargo, estuvieron en movimiento hasta el último minuto. Cumplían veinticuatro horas de labor durante el día, como quizá lo hagan en la Tierra las hormigas.

Además, por extraño que parezca en un mundo sexual, los marcianos carecían de sexo y, por tanto, se veían libres de las tumultuosas emociones causadas en los seres humanos por esa diferencia. Ya no cabe la menor duda de que un marciano joven nació aquí, en la Tierra, durante la contienda, y se le halló adherido a su padre, como un pimpollo, tal como aparecen los bulbos de los lirios o los animales jóvenes en el pólipo de agua dulce.

En el hombre y en todas las formas más adelantadas de vida terrestre ese sistema de crecimiento ha desaparecido; pero aun en la Tierra fue, sin duda, el que primó al principio. Entre los animales más bajos de la escala, y aun hasta en los tunicados, aquellos primeros primos de los animales vertebrados, los dos procesos ocurren por igual; pero, finalmente, el método sexual terminó por sobrepasar a su competidor. En Marte, empero, ha ocurrido lo contrario.

Vale la pena comentar que cierto escritor de reputación cuasi científica, que escribió mucho antes de la invasión marciana, profetizó para el hombre una estructura final no muy diferente de la predominante entre los marcianos. Según recuerdo, su profecía fue publicada en noviembre o diciembre de 1893, en una publicación extinta ya hace tiempo, el *Pall Malí Budget,* y no he olvidado una parodia de la misma que apareció en un periódico premarciano llamado *Punch.* Declaró —escribiendo en son de chanza– que la perfección de los adelantos mecánicos terminaría por reemplazar a los órganos, y la perfección de las sustancias químicas, a la digestión; que detalles externos, tales como el pelo, la nariz, los dientes, las orejas, la barbilla, no eran partes esenciales del ser humano, y que la tendencia de la selección natural llegaría a suprimirlos en los siglos venideros. Sólo el cerebro quedaría como necesidad cardinal. Sólo una parte del cuerpo tenía un motivo verdadero para subsistir, y con ello se refería a la mano, "maestra y agente del cerebro". Mientras que el resto del cerebro se empequeñeciera, las manos se agrandarían.

Muchas palabras acertadas se escriben en broma, y en los marcianos tenemos la prueba innegable de la supresión del aspecto animal del organismo por la inteligencia.

Por mi parte, no me cuesta creer que los marcianos pueden ser descendientes de seres no muy diferentes de nosotros. Con el correr de las edades se fueron desarrollando el cerebro y las manos (estas últimas se convirtieron, al fin, en dos grupos de delicados tentáculos) a expensas del resto del cuerpo. Sin el cuerpo es natural que el cerebro se convirtiera en una inteligencia más egoísta y carente del sustrato emocional de los seres humanos.

El último punto importante en el cual diferían de nosotros estos seres era algo que cualquiera habría considerado como un detalle trivial. Los microorganismos que causan tantas enfermedades en la Tierra no han aparecido en Marte o la ciencia de los marcianos los ha eliminado hace ya siglos. Todos los males, las fiebres y los contagios de la vida humana, la tuberculosis, el cáncer, los tumores y otros flagelos similares no existen para ellos. Y ya que hablo de las diferencias entre la vida marciana y la terrestre aludiré aquí a la curiosa hierba roja.

Al parecer, el reino vegetal de Marte, en lugar de ser verde en su color predominante, es de un matiz vividamente rojo. Sea como fuere, las semillas que (intencionada o accidentalmente) trajeron consigo los marcianos se desarrollaron en todos los casos como plantas de ese color. No obstante, sólo aquella que se conoce popularmente con el nombre de hierba roja logró competir con las plantas terrestres. La enredadera roja es un vegetal de crecimiento muy transitorio y pocas personas alcanzaron a verla. Pero la hierba roja medró por un tiempo con un vigor y una exuberancia asombrosos. Se extendió por los costados del pozo el tercer o cuarto día de nuestro encierro, y sus ramas, semejantes a las del cacto, formaron un reborde carmesí en nuestra ventana triangular. Después la vi crecer en todo el país y especialmente donde había corrientes de agua.

Los marcianos tenían lo que parece haber sido un órgano auditorio, un simple parche vibratorio en la parte posterior de la cabeza-cuerpo, y ojos con un alcance visual no muy diferente del nuestro, salvo que, según Philips, los colores azul y violeta los veían como negros. Es creencia corriente que se comunicaban por medio de sonidos y movimientos tentaculares; esto se asegura, por ejemplo, en el folleto, bien urdido, pero apresuradamente compilado (escrito, evidentemente, por alguien que no presenció las acciones de los marcianos), al cual he aludido ya, y que ha sido hasta ahora la fuente principal de información referente a nuestros visitantes.

Ahora bien, ningún ser humano viviente vio tan bien a los marcianos en sus ocupaciones como yo. No me ufano de lo que fue un accidente, pero tampoco puedo negar lo que es verdad. Y yo afirmo que los observé desde muy cerca una y otra vez y que he visto cuatro, cinco y hasta seis de ellos llevando a cabo con gran trabajo las tareas más complicadas sin cambiar un solo sonido o comunicarse por medio del movimiento de sus tentáculos. Sus peculiares gritos ululantes solían preceder, por lo general, al trabajo de alimentarse; no tenían modulación alguna y, según creo, no eran una señal, sino simplemente la expiración de aire preparatoria para la operación de succionar.

Creo poseer, por lo menos, un conocimiento elemental de fisiología, y en esto estoy convencido de que los marcianos cambiaban ideas sin necesidad de medios físicos. Y me convencí de esto a pesar de mis ideas preconcebidas de lo contrario. Antes de la invasión marciana, como quizá lo recuerde algún lector ocasional, había escrito con no poca vehemencia de expresión algunos ensayos que negaban la posibilidad de la comunicación telepática.

Los marcianos no llevaban ropa alguna. Su concepción de ornamentos y decoro debía por fuerza ser diferente de la nuestra, y no sólo eran mucho menos sensibles que nosotros a los cambios de temperatura, sino que también parece que los cambios de presión no afectaban seriamente su salud. Mas si no usaban ropas era precisamente en sus otras adiciones a sus capacidades corporales donde residía su gran superioridad sobre el hombre. Nosotros, con nuestras bicicletas y patines, nuestras máquinas Lilienthal de planear por el aire, nuestras armas y bastones, así como también con otras cosas, nos hallamos en los comienzos de la evolución, que para los marcianos ya ha completado su círculo.

Ellos se han convertido prácticamente en puro cerebro y usan sus diversos cuerpos según sus necesidades, tal como los hombres usamos trajes y tomamos una bicicleta en un momento de apuro o un paraguas cuando llueve.

Y con respecto a sus aparatos, quizá no haya para el hombre nada más maravilloso que el hecho curioso de que el detalle predominante en todos los mecanismos ideados por el hombre, o sea, la rueda, no existe para ellos. Entre todas las cosas que trajeron a la Tierra no hay nada que sugiera el uso de la rueda. Sería lógico esperar que la usaran, por lo menos, en la locomoción. Y con respecto a esto podría comentar de paso lo curioso que resulta pensar que en la Tierra la naturaleza nunca ha creado la rueda y ha preferido otros medios para su desarrollo. Y no sólo no conocían los marcianos (cosa que parece increíble) la rueda, o se abstenían de emplearla, sino que también hacían muy poco uso del pivote fijo o semifijo en sus aparatos, lo cual hubiera limitado los movimientos circulares a un solo plano. Casi todas las articulaciones de sus maquinarias presentan un complicado sistema de partes deslizantes que se mueven sobre pequeños cojinetes de fricción perfectamente curvados. Y ya que estoy en estos detalles agregaré que las palancas largas de sus aparatos son movidas en casi todos los casos por una especie de musculatura formada por discos dentro de una funda elástica; estos discos quedan polarizados y se atraen con gran fuerza al ser tocados por una corriente eléctrica. De esta manera se lograba el curioso paralelismo con los movimientos animales, el cual resultó tan extraordinario y turbador para los observadores humanos.

Esta especie de músculos abundan en la máquina de trabajo parecida a un cangrejo y a la cual vi dedicada a descargar el cilindro la primera vez que me asomé a la ranura. La impresión que daba era de ser mucho más viva que los marcianos, que permanecían en el suelo, jadeando y desplazándose con gran dificultad después del largo viaje a través del espacio.

Miraba con atención sus movimientos débiles y notaba cada uno de los detalles de sus formas extrañas, cuando el cura me tironeó del brazo recordándome su presencia. Al mirarlo, vi su rostro desfigurado por una mueca y sus labios silenciosos queriendo decirme algo. Quería acercarse a la ranura, que sólo permitía espiar a uno por vez. Así que tuve que dejar de observarlos por un tiempo, mientras él gozaba de ese privilegio.

Cuando volví a mirar, la máquina de trabajo ya había unido varias de las piezas del aparato que sacara del cilindro dándole una forma igual a la propia. Apareció a la vista un pequeño mecanismo excavador, hacia la izquierda, que emitía chorros de vapor verde y avanzaba por los márgenes del pozo, excavando y acumulando la tierra de manera metódica y eficiente. Era este aparato el que había causado los golpes regulares y los rítmicos temblores que hacían vibrar nuestro refugio en ruinas. Al trabajar, resoplaba y silbaba. Y, según pude observar, no era dirigido por ningún marciano.

3
Los días de encierro

Tras la llegada de la segunda máquina guerrera nos vimos obligados a alejarnos de nuestro mirador y ocultarnos en el lavadero. Temíamos que desde su sitio elevado, el marciano pudiera vernos por encima de nuestra barrera. Más adelante empezamos a perderle el miedo a que nos vieran, ya que ellos se hallaban a plena luz del sol, y nuestro refugio debería parecerles absolutamente oscuro. Sin embargo, al comienzo, la mínima sugestión de proximidad de su parte nos hacía correr al lavadero con el corazón en la boca.

Pero, a pesar del riesgo terrible que corríamos, la atracción de la abertura a ambos nos resultaba irresistible. Y ahora recuerdo con mucha admiración que, a pesar del enorme peligro que corríamos entre la muerte por hambre y la muerte más terrible en manos del enemigo, batallábamos por el horrible privilegio de espiar a los marcianos. Nos movíamos por la cocina grotescamente, con movimientos entre apurados y sigilosos, y nos golpeábamos con los puños y los pies a pocos centímetros de la ranura.

El asunto es que éramos incompatibles, no sólo en carácter, sino también en la manera de pensar y actuar, y el peligro y el aislamiento no hacían más que acentuar aquella incompatibilidad.

En Halliford ya había notado su hábito de lanzar exclamaciones y su estúpida mente cerrada. Sus monólogos infinitos, dichos entre dientes, me impedían concentrarme para hallar un plan de acción y, a veces, me llevaban hasta el borde de la locura. Parecía una persona tonta, por la falta de control. Lloraba durante horas y creo que hasta el fin ese niño mimado de la vida pensó que sus débiles lágrimas tenían cierta eficacia. Y yo permanecía sentado en la oscuridad, sin poder dejar de pensar en él, por lo inoportuno que era. Comía más cantidad que yo y tuve que señalarle en vano que nuestra única posibilidad de salvación estaba en permanecer en la casa hasta que los marcianos hubieran terminado en el pozo, y que en esa larga nos harían falta los alimentos. Sin embargo, él comía y bebía sin control, llenándose a cada minuto. Apenas dormía.

A medida que pasaban los días, su completa falta de cuidado y de consideraciones para conmigo acrecentó tanto nuestro malestar y peligro que, a pesar de no agradarme el método, tuve que apelar a las amenazas y, al fin, a los golpes. Esto le hizo recobrar la cordura por un tiempo. Pero era una de esas personas débiles y llenas de estulcia furtiva, que no hacen frente ni a Dios ni al hombre y ni siquiera a sí mismos, carentes de orgullo, timoratas y con almas anémicas y odiosas.

Me resulta desagradable recordar y escribir estas cosas; pero las menciono a fin de que no falte nada a mi relato. Los que han escapado a los momentos malos de la vida no vacilarán en condenar mi brutalidad y mi estallido de cólera de nuestra tragedia final, pues conocen tan bien como yo la diferencia entre el bien y el mal, mas no saben hasta qué límites puede llegar una persona torturada. Pero aquellos que han sufrido y han llegado hasta las cosas elementales serán más comprensivos conmigo.

Y mientras que adentro librábamos nuestras luchas en silencio, nos arrebatábamos la comida y la bebida y cambiábamos golpes, en el exterior se sucedía la maravilla extraordinaria, la rutina desconocida para nosotros de los marcianos del pozo. Pero volvamos a aquellas primeras impresiones mías.

Después de largo rato volví a la ranura para descubrir que los recién llegados habían recibido el refuerzo de los ocupantes de tres máquinas guerreras. Estos últimos habían llevado consigo nuevos aparatos, que se hallaban alineados en orden alrededor del cilindro. La segunda máquina de trabajo estaba ya completa y se ocupaba en servir a uno de los nuevos aparatos. Era éste un cuerpo parecido a un recipiente de leche en sus formas generales, y sobre el mismo oscilaba un receptáculo en forma de pera, del cual fluía una corriente de polvo blanco que iba a caer a un hoyo circular de más abajo.

El movimiento oscilatorio era impartido al aparato por la máquina de trabajo. Con dos manos espatuladas, la máquina de trabajo extraía masas de arcilla y las arrojaba al interior del receptáculo superior, mientras que con su otro brazo abría periódicamente una portezuela y sacaba de la parte media de la máquina la escoria ennegrecida. Otro tentáculo metálico dirigía el polvo del hoyo circular a lo largo de un canal en dirección a un receptáculo que estaba oculto a mi vista por un montón de polvo azulino. De ese receptáculo invisible se levantaba hacia el cielo una delgada columna de humo verdoso.

Mientras me hallaba mirando, la máquina de trabajo extendió, a manera de un telescopio y con un sonido musical, un tentáculo, que un momento antes era sólo una especie de muñón. El tentáculo se alargó hasta que su extremo quedó oculto detrás del montón de arcilla. Un segundo después sacaba a la vista una barra de aluminio blanco y reluciente y la depositaba entre otras barras, que formaban una pila a un costado del pozo. Entre el amanecer y la noche aquella máquina maravillosa debe haber hecho más de cien barras similares sin otra materia prima que la arcilla, y el montón de polvo azulino se fue levantando paulatinamente hasta que sobrepasó el borde del foso.

El contraste entre los movimientos rápidos y complejos de estos aparatos y la torpeza de sus amos era notable, y durante muchos días tuve que hacer un esfuerzo mental para convencerme de que estos últimos eran en realidad los seres dotados de vida.

El cura tenía posesión de la ranura cuando los primeros hombres fueron llevados al pozo. Yo me hallaba sentado abajo escuchando con la mayor atención. De pronto hizo un brusco movimiento hacia atrás, y yo, temeroso de que nos hubieran visto, me acurruqué transido de terror. Él se deslizó hacia abajo sobre los escombros y se acurrucó a mi lado gesticulando aterrorizado, y por un momento compartí sus temores.

Sus ademanes indicaban que me dejaba la ranura, y al cabo de un rato, mientras mi curiosidad me daba coraje, me puse de pie, pasé sobre él y trepé hasta allí.

Al principio no vi razón alguna para su terror. Habíase iniciado el anochecer y brillaban débilmente las estrellas, pero el foso estaba iluminado por el fuego verde. Toda la escena era una combinación de resplandores verdes y sombras negras que se movían y fatigaban la vista. Por todos lados pasaban los murciélagos sin detenerse. Ya no se veía a los marcianos, el montón de polvo azulino se había elevado y los ocultaba a mi vista, y una máquina guerrera, con las piernas contraídas, se hallaba al otro lado del pozo. Luego, entre el clamor de las maquinarias, llegó a mis oídos algo semejante a voces humanas.

Me quedé acurrucado observando a la máquina guerrera con gran atención y convenciéndome por primera vez de que el capuchón contenía realmente a un marciano. Al elevarse las llamas verdes pude ver el brillo aceitoso de su tegumento y el refulgir de sus ojos. De pronto oí un grito y vi un largo tentáculo que pasaba sobre el hombro de la máquina para introducirse en la jaula que colgaba de su espalda. Levantó luego algo que se agitaba violentamente y que se recortó oscuro contra el cielo estrellado. Al bajar el tentáculo vi a la luz del fuego que era un hombre. Por un instante estuvo claramente a la vista. Era un hombre robusto, rubicundo y de edad madura. Vestía muy bien, y tres días antes debía haber sido un individuo de importancia en el mundo. Vi sus ojos muy abiertos y el reflejo de sus gemelos y cadena de oro.

Desapareció detrás del montón de polvo y por un momento reinó el silencio. Después se elevó un grito terrible en la noche y el gozoso ulular de los marcianos…

Me deslicé sobre los escombros, me puse de pie, me tapé las orejas con las manos y corrí hacia el lavadero. El cura, que había estado acurrucado con los brazos sobre la cabeza, levantó la vista al pasar yo, lanzando un grito agudo al ver que le abandonaba, y me siguió corriendo…

Aquella noche, mientras nos hallábamos en el lavadero dominados por nuestro terror y por la fascinación que ofrecía la visión del pozo, me esforcé en vano por concebir algún plan de fuga. Después, durante el segundo día, ya pude considerar nuestra situación con más claridad.

Vi que el cura no estaba en condiciones de ayudarme en nada; extraños terrores le habían convertido ya en una criatura de impulsos violentos, robándole la razón. Prácticamente se había hundido hasta el nivel de un animal.

Por mi parte, hice un esfuerzo y aclaré mis ideas. Una vez que pude hacer frente a los hechos con frialdad se me ocurrió que, por terrible que fuera nuestra situación, no había aún motivo para desesperar del todo. Nuestra salvación dependía de la posibilidad de que los marcianos tuvieran ese pozo como campamento temporario. Y aunque lo mantuvieran de manera permanente podrían considerar innecesario vigilarlo siempre y era posible que se nos presentara una oportunidad de escapar. También tuve en cuenta la posibilidad de abrirnos paso cavando en dirección opuesta al foso; pero al principio me pareció que corríamos el riesgo de salir a la vista de alguna máquina guerrera que estuviese en guardia. Además, tendría que haber cavado yo solo. El cura no me hubiera ayudado en nada.

Si es que no me falla la memoria, fue el tercer día cuando vi morir al muchacho. Fue la única vez que observé realmente cómo se alimentaban los marcianos. Después de esta experiencia estuve apartado de la ranura durante casi todo un día.

Me fui al lavadero, quité la puerta y pasé varias horas cavando con mi hacha lo más silenciosamente posible; pero cuando hube abierto un agujero de más de medio metro de profundidad, la tierra suelta cayó con gran ruido y no me atreví a continuar. Perdí el ánimo y estuve echado largo tiempo en el suelo, sin valor para levantarme ni moverme. Y después de aquello abandoné por completo la idea de abrirme paso cavando.

Era tanta la impresión que me habían provocado los invasores, que al principio no pude sentir ni la mínima esperanza que nos liberara de la derrota. Pero la cuarta o quinta noche escuché explosiones parecidas a los cañonazos.

La luna brillaba en el cielo de la noche tardía. Los marcianos habían sacado la máquina excavadora, el lugar estaba desierto salvo por la máquina guerrera, que se hallaba en el lado opuesto del pozo, y una máquina de trabajo, que laboraba en un rincón fuera de mi campo visual. Excepto por el pálido resplandor de la máquina de trabajo y de los rayos de luz de luna, el foso estaba en plena oscuridad y en completo silencio, interrumpido únicamente por el tintineo musical de la máquina de trabajo.

Oí aullar a un perro y ese sonido familiar me hizo aguzar el oído. Entonces llegó hasta mí el detonar de poderosos estampidos. Conté seis detonaciones y, después de un largo intervalo, otras seis resonaron. Eso fue todo.

4
La muerte del cura

Al sexto día de nuestro encierro espié por última vez y me encontré solo. El cura había vuelto al lavadero, en vez de permanecer cerca de mí y tratar de ganar la ranura.

Tuve una súbita idea y regresé con rapidez y en silencio. Lo oí beber en la oscuridad. Extendí mis manos y alcancé a agarrar una botella de vino.

Luchamos durante unos minutos y la botella cayó al suelo y se hizo añicos; terminé abandonando mis esfuerzos y me puse de pie. Nos quedamos agitados, amenazándonos mutuamente. Finalmente, me paré entre él y los alimentos y le expresé mi firme determinación de comenzar una disciplina rígida. Separé los alimentos de la alacena en raciones que nos durasen diez días y esa mañana no le permití ingerir nada más. Esa tarde, se esforzó por apoderarse de las provisiones. Yo había estado durmiendo, pero desperté inmediatamente.

Todo el día y toda la noche estuvimos sentados frente a frente: yo, exhausto, pero firme, y él, lloroso y quejándose por el hambre. A pesar de haber sido un día y una noche, a mí me pareció una eternidad.

Finalmente, así terminó, en lucha abierta, nuestra creciente incompatibilidad. Durante dos días luchamos en silencio. Lo golpeé con fuerza, por momentos, y por otros traté de persuadirlo; quise sobornarlo con la última botella de vino, ya que había un caño de desagüe del que podía yo obtener agua de lluvia.

Pero ni la fuerza ni la bondad me dieron resultados; el hombre había superado ya los límites de la cordura. No abandonaba ni los ataques contra los alimentos ni sus insoportables monólogos. En ningún momento le interesó aplicar las precauciones básicas para hacer habitable nuestra prisión. Comencé a notar, lentamente, el derrumbe de su inteligencia y asumí que mi compañero de encierro no era un hombre sano.

Por algunos recuerdos muy leves que conservo, me inclino a pensar que también mi mente por momentos fallaba. Solía tener pesadillas horribles cada vez que me dormía. Parece extraño, pero creo que la debilidad y la locura del cura me advirtieron del peligro y me obligaron a mantenerme cuerdo.

El octavo día comenzó a hablar en alta voz en lugar de susurrar y nada pude hacer para que moderase el tono.

–¡Es justo, oh Dios! –decía una y otra vez–. Es muy justo. Seamos castigados todos. Hemos pecado y te fallamos. Había pobreza y desdicha; los pobres eran aplastados en el polvo y yo no dije nada. Prediqué locuras aceptables cuando debí haberme impuesto, aunque muriera por ello, y pedido que se arrepintieran... Opresores del pobre y necesitado... ¡El vino del Señor!

Luego volvía de pronto a recordar el alimento de que yo le privaba y se ponía a llorar, pedir y, al fin, a amenazar. Comenzó a elevar la voz. Le rogué que no lo hiciera. Notó que tenía entonces una ventaja sobre mí y amenazó con gritar y atraer así a los marcianos.

Por un tiempo me asustó eso; pero cualquier concesión habría limitado nuestras posibilidades de salvación. Le desafié, aunque no estaba muy seguro de que no era capaz de cumplir su amenaza. Pero aquel día no lo hizo. Habló cada vez más alto durante la mayor parte de los días octavo y noveno. Sus amenazas y ruegos se mezclaban con un torrente en el que expresaba su arrepentimiento por no haber cumplido con su deber para con Dios. Todo esto hizo que le compadeciera. Luego durmió un rato y al despertar empezó de nuevo con mayores energías y en voz tan alta, que por fuerza debí hacerle desistir.

–¡Cállese! –le imploré.

Se levantó sobre sus rodillas, pues había estado sentado cerca del fregadero.

–He callado demasiado tiempo –manifestó en tono que debió haber llegado hasta el pozo–. Ahora debo hacer mi declaración.

¡Pobre de esta ciudad infiel! ¡Calamidad! ¡Ay de nosotros! ¡Ay de los habitantes de la Tierra, que no oyen la voz de la trompeta!...

–¡Calle! –dije poniéndome en pie, temeroso de que nos oyeran los marcianos–. ¡Por amor de Dios!...

–¡No! –exclamó el cura a voz en grito, parándose también y levantando los brazos–. ¡Hablaré! La palabra del Señor sale por mi boca.

En tres saltos llegó hasta la puerta que daba a la cocina.

–Debo hablar. Me voy. Ya me he demorado demasiado.

Extendí la mano y toqué la cuchilla colgada de la pared. Casi en seguida salí detrás de él. Me enloquecía el temor. Antes de que hubiera cruzado la cocina lo había alcanzado. Obedeciendo a un último rasgo humanitario volví la pesada cuchilla y le golpeé con el mango. Cayó boca abajo y se quedó tendido en el suelo. Yo tropecé con él y me quedé jadeante.

De pronto oí un ruido proveniente de afuera. Era el golpe del revoque al deslizarse y caer, y la abertura triangular se oscureció de inmediato. Al levantar la vista vi la parte inferior de la máquina de trabajo. Uno de sus tentáculos se abría paso sobre los escombros, otro tentó entre los tirantes caídos.

Me quedé petrificado. Luego vi a través de una plancha de vidrio cerca del borde del cuerpo la cara y los grandes ojos oscuros de un marciano que miraba. Después se extendió un largo tentáculo hacia el interior.

Me volví con un esfuerzo, tropecé con el cura y salté para llegar hasta la puerta del lavadero. El tentáculo se había introducido ya dos metros en el recinto y se movía de un lado a otro con movimientos algo bruscos.

Por un momento me quedé fascinado ante su avance. Luego, lanzando un débil grito ahogado, entré en el lavadero. Temblaba violentamente y a duras penas pude mantenerme en pie. Abrí la puerta del depósito de carbón y me quedé allí, en las tinieblas, mirando hacia la puerta de la cocina. ¿Me habría visto el marciano? ¿Qué haría ahora?

Algo se movía allí, de un lado a otro, con gran cuidado; a ratos golpeaba contra la pared o hacía un movimiento repentino acompañado de un leve tintinear metálico, como los movimientos de una llave en un llavero.

Luego, un pesado cuerpo –supe muy bien lo que era– fue arrastrado por el piso de la cocina hacia la ranura.

Sin poder resistir, me deslicé hasta la puerta y espié desde allí. En el triángulo de luz exterior estaba el marciano dentro de la máquina de trabajo observando la cabeza del cura. De inmediato pensé que deduciría mi presencia por la marca del golpe que le había aplicado.

Volví al depósito de carbón, cerré la puerta y comencé a cubrirme lo más posible con la leña y los trozos de carbón que había allí. A cada instante interrumpía esta tarea para escuchar si el marciano había vuelto a introducir su tentáculo por la abertura.

Oí entonces el leve sonido metálico. Lo sentí palpar por toda la cocina. Luego llegó más cerca y calculé que se hallaba en el lavadero. Me dije que su longitud no sería suficiente para alcanzarme y me puse a orar. El tentáculo pasó rascando la puerta del depósito.

Transcurrió entonces un tiempo de suspenso intolerable y lo oí luego tocando el cierre. Había encontrado la puerta y los marcianos sabían abrirlas.

Estuvo tentando un minuto el cierre y, al fin, la abrió.

Pude ver el tentáculo, que se parecía a la trompa de un elefante. Serpenteó hacia mí y tocó las paredes, los carbones, la leña y el techo. Era como un gusano negro que meciera su ciega cabeza de un lado a otro.

Una vez tocó el tacón de mi zapato. Estuve a punto de gritar y me contuve mordiéndome la mano. Por un momento reinó el silencio. Casi me pareció que se había retirado. Después oí un ruido seco y el tentáculo apresó algo. ¡Creí que era a mí! Luego salió del depósito. Por un momento no estuve seguro de esto último. Al parecer, se había llevado un trozo de carbón para examinarlo.

Me estaba acalambrando, así que aproveché la oportunidad para cambiar de posición y me puse a escuchar.

Al rato oí el sonido lento del tentáculo aproximándose de nuevo. Se fue acercando de a poco, rascando las paredes y golpeando los muebles.

Yo estaba pendiente de sus movimientos, golpeó la puerta del depósito y la cerró. Le oí entrar en la alacena; rompió una botella y golpeó la lata de los bizcochos. Luego resonó un golpe fuerte contra la puerta del depósito y después el silencio.

¿Se habría ido?

Finalmente, me respondí que sí.

No volvió a entrar en el lavadero; pero pasé el décimo día entero metido allí, casi completamente tapado por el carbón y la leña, sin animarme a salir ni para sacarme la sed, que estaba torturándome. El decimoprimer día me aventuré a salir de mi refugio.

5
El silencio

Antes de ir a la despensa, primero aseguré la puerta de comunicación entre la cocina y el lavadero. En la despensa no quedaba nada de alimento, estaba vacía; no quedaba en ella nada de alimento. Aparentemente, el marciano se lo había llevado todo. Al descubrir esto, me desesperé realmente, por primera vez. Ni el undécimo ni el duodécimo día consumí ni alimentos ni agua.

En un comienzo, sentí la garganta seca y mis fuerzas se agotaron con rapidez. Estuve sentado en la oscuridad del lavadero, completamente inmóvil, completamente postrado. No podía pensar en otra cosa que no fuera comer. Como habían cesado por completo los ruidos que acostumbraba a oír procedentes del pozo, pensé que me había quedado sordo. No tenía suficientes fuerzas para arrastrarme en silencio hasta la ranura, pues de haberlas tenido hubiese ido a mirar.

El duodécimo día era tan fuerte el dolor de garganta, que corrí el riesgo de llamar la atención de los marcianos y ataqué la bomba de agua de lluvia que había junto al fregadero, y pude tomar un agua ennegrecida y de sabor asqueroso. Me mortificó esto pero me animó mucho el hecho de que el ruido no hubiera atraído a ningún tentáculo investigador.

Pensé mucho en el cura y en la forma como murió.

El decimotercer día bebí más agua, pude dormitar de a ratos, pensé en comer y diagramé imposibles planes de fuga. Al dormirme, soñaba con fantasmas horribles, con la muerte de mi compañero o con comidas deliciosas; pero dormido o despierto sentía un agudo dolor, que me obligaba a beber agua una y otra vez.

La luz que entraba en el lavadero no era ya gris, sino roja. Para mi mente desordenada, éste era el color de la sangre.

El decimocuarto día salí a la cocina y me sorprendí al ver que la hierba roja había cubierto toda la ranura de la pared, filtrando así la luz exterior y tornándola rojiza.

Fue en la mañana del decimoquinto día cuando oí una serie de sonidos familiares en la cocina. Al escuchar los identifiqué como los resoplidos y el rascar de las patas de un perro. Salí entonces y vi la nariz del can, que asomaba por entre la roja vegetación. Esto me sorprendió en extremo. Al sentir mi olor, el perro lanzó un ladrido.

Pensé que si podía inducirle a entrar sin hacer mucho ruido quizá me sería posible matarlo y comerlo; de todos modos, me pareció aconsejable matarlo para que sus movimientos no llamaran la atención de los marcianos.

Avancé entonces llamándolo en voz baja, pero el animal retiró de pronto la cabeza y desapareció.

Agucé el oído –no estaba sordo–, pero era evidente que reinaba el silencio en el pozo. Oí algo así como el aletear de pájaros y unos chillidos roncos, pero eso fue todo.

Durante largo rato estuve cerca del agujero, mas no me atreví a apartar las plantas que lo tapaban. Una o dos veces oí los pasos del perro, que iba de un lado a otro por el exterior, y se repitieron los aleteos. Al fin, animado por el silencio, me decidí a asomarme.

Salvo en el rincón, donde una multitud de cuervos se peleaban sobre los esqueletos de los muertos que habían servido de alimento a los marcianos, no había otro ser viviente en el pozo.

Miré hacia todos lados casi sin creer en el testimonio de mis sentidos. Toda la maquinaria había desaparecido. Excepción hecha de un montón de polvo azulino en un rincón, algunas barras de aluminio en otro, los cuervos y los esqueletos, el lugar no era otra cosa que un pozo desierto.

Lentamente salí por entre la hierba roja y me paré sobre una pila de escombros. Podía ver en todas direcciones, menos hacia el norte, y no había por allí marcianos. Había llegado mi oportunidad de escapar. Al hacerme cargo de esto comencé a temblar.

Vacilé un rato y luego, en un impulso desesperado y con el corazón latiéndome violentamente, subí a lo alto de las ruinas bajo las cuales me había encontrado sepultado tanto tiempo.

Miré a mi alrededor nuevamente. Tampoco hacia el norte se veía ningún marciano.

La última vez que había visto a Sheen a la luz del día, la población había sido una calle muy bien cuidada, con casas blancas de tejados rojos y numerosos árboles que daban perfectas sombras. Sin embargo, ahora me encontraba con un montón de escombros, sobre los que se extendía una multitud de plantas rojas parecidas a cactus y que llegaban hasta la altura de la rodilla. La vegetación terrestre no le disputaba la posesión del terreno. Los árboles más cercanos estaban muertos; en los más lejanos vi que una serie de tallos rojos cubrían los troncos y las ramas.

Todas las casas vecinas se habían desplomado, pero ninguna de ellas estaba quemada; algunas de las paredes se mantenían en pie hasta la altura del primer piso, con las ventanas hechas añicos y las puertas destrozadas. La exuberante hierba roja crecía en las habitaciones sin techo. Debajo de mí estaba el enorme pozo donde los cuervos se peleaban por los restos. A lo lejos vi a un gato muy delgado que caminaba a lo largo de una pared, pero no vi señal alguna de seres humanos.

Contrastando con mi reciente encierro, el día me parecía increíblemente brillante, el cielo, de un intenso azul. Una brisa leve mecía constantemente a la roja hierba, que cubría todo el terreno libre. Y, por supuesto, la dulzura del aire libre.

6
Después de quince días

Me quedé parado sobre la montaña de escombros largo rato, sin pensar en el peligro. Recién había salido de una cueva en la que lo único que había pensado había sido en nuestra seguridad inmediata. No me detuve a pensar en lo que sucedía en el mundo, no imaginé el inesperado espectáculo que me esperaba a la salida. Había esperado ver a Sheen en ruinas... y ahora tenía delante de mí el paisaje fantástico de otro planeta.

En ese instante experimenté una emoción que superaba el alcance de los hombres, pero que las pobres bestias a las que dominamos conocen muy bien. Sentí lo que debe sentir el conejo al volver a su cueva y ver a una docena de obreros cavando allí los cimientos para una casa. Tuve la primera sensación de algo que tiempo después se volvió bien claro en mi mente, algo que me oprimió durante varios días: me sentí destronado, entendí que ya no era uno de los amos, sino un animal más entre los animales dominados por los marcianos. Y nosotros sufriríamos el mismo destino que ellos: vivir en constante peligro, estar alertas, correr y escondernos; el imperio del hombre acababa de ser derrotado.

Pero esta idea extraña desapareció de mi mente rápidamente y no pensé ya en otra cosa que no fuera calmar mi hambre de tantos días. Al otro lado de una pared cubierta de rojo, muy cerca de donde yo estaba, vi un trozo de terreno al descubierto. Tuve una idea y avancé por entre la hierba roja, que en zonas me llegaba hasta el cuello. Pensé que la densidad de las hierbas era un escondite seguro. La pared tenía un metro ochenta de alto, y al intentar trepar descubrí que no tenía fuerzas suficientes. Por eso avancé un poco bordeándola, llegué a una esquina y pude subir a ella trepando por una pila de escombros que encontré y bajar a la huerta del otro lado. Allí encontré algunas cebollas, un par de bulbos de gladiolos y una cantidad de zanahorias inmaduras. Agarré todo ello con desesperación y, saltando de nuevo la pared en ruinas, seguí camino por entre los árboles escarlatas en dirección a Kew. Aquello era como marchar por una avenida decorada por gigantescas lagunas de sangre.

Mi plan inmediato era obtener más alimentos y alejarme de los alrededores del pozo todo lo que mi cuerpo me permitiera.

En un lugar cubierto de hierba, a cierta distancia, había varios hongos, que devoré, y después llegué a un lago de poca profundidad sobre lo que antes fuera un campo sembrado. Pero estos pocos alimentos sólo sirvieron para avivar mi hambre. Me sorprendió ver allí agua a esa altura del año, sin embargo, pronto descubrí que esto se debía a la exuberancia tropical de la hierba roja. Al encontrar agua, esta extraordinaria vegetación se tornaba gigantesca y se volvía increíblemente fecunda. Sus semillas llegaron hasta el Wey y el Támesis, y la titánica planta, que crecía con enorme rapidez, muy pronto ahogó a los dos ríos.

En Putney, como lo comprobé después, el puente estaba cubierto por completo por esa hierba, y también en Richmond se vertían las aguas del Támesis en un amplio lago, que cubría las campiñas de Hampton y Twickenham. Al extenderse las aguas, la hierba las seguía, hasta que las villas en ruinas del valle del Támesis estuvieron por un tiempo perdidas en medio de un pantano rojo —cuyas márgenes exploré—, y gran parte de la desolación causada por los marcianos quedó así oculta.

Al fin, sucumbió la hierba roja con tanta rapidez como se extendió. Fue presa de una enfermedad debida a la acción de ciertas bacterias. Ahora bien, por obra de la selección natural, todas las plantas terrestres han adquirido una resistencia especial contra las enfermedades de ese tipo; jamás mueren sin defenderse. Pero la hierba roja se pudrió como algo ya muerto. Perdió el color y fue encogiéndose y tornándose quebradiza. Se rompía al tocarla, y las aguas, que estimularon su crecimiento, se llevaron sus últimos vestigios hacia el mar...

Naturalmente, lo primero que hice al llegar al agua fue satisfacer mi sed. Bebí mucho, y movido por un impulso, me llevé a la boca un puñado de la hierba; pero era muy acuosa y de un desagradable sabor metálico.

Descubrí que el lago tenía poca profundidad y que me era posible caminar por allí, aunque la hierba roja dificultaba bastante el paso; pero como el pantano se tornaba más profundo a medida que me acercaba al río, me volví hacia Mortlake.

Logré seguir el camino fijándome en las ruinas de las villas y en las cercas y columnas de alumbrado, consiguiendo salir, al fin, de ese lugar, subir por una cuesta que iba hacia Rochampton e ir a parar al campo comunal de Putney.

Allí cambiaba la escena. Lo extraño y poco familiar convertíase en la ruina de lo conocido. En algunos lugares parecía haber pasado un ciclón, y al avanzar un centenar de metros encontré espacios en perfectas condiciones; casas con sus persianas y puertas cerradas, como si sus dueños se hubieran ido por un día o estuvieran durmiendo en el interior. La hierba roja era menos abundante; los árboles del camino estaban libres de la enredadera marciana. Busqué alimentos entre los árboles, pero no hallé nada. Entré en un par de casas silenciosas, sólo para descubrir que ya habían estado antes otros saqueadores.

Como estaba demasiado agotado para continuar andando, descansé el resto del día entre los setos.

Durante todo este tiempo no vi seres humanos ni descubrí rastros de los marcianos. Encontré un par de perros hambrientos, pero los dos se alejaron apresuradamente cuando intenté atraerlos. Cerca de Rochampton había visto dos esqueletos humanos, y en el bosquecillo junto al que me hallaba descubrí los huesos aplastados de varios gatos y conejos, como así también el de una oveja. Aunque quise roer estos huesos, no pude saciar mi hambre.

Una vez que ya había atardecido, continué avanzando por el camino en dirección a Putney, donde me pareció que los marcianos habían usado su rayo calórico, aunque no entendí cuál pudo haber sido la razón. En un jardín, del otro lado del poblado, obtuve unas cuantas papas apenas maduras, que devoré con pasión. Desde esa huerta podían verse Putney y el río. Todo lucía absolutamente desolado: árboles ennegrecidos, ruinas abandonadas, y, al pie de la colina, el río teñido de rojo. Y, sobre todo, el silencio que se extendía como un pesado tapiz. Al pensar en la rapidez con que se había realizado un cambio tan aterrador, me sentí dominado por la desesperación.

Por un momento creí que la humanidad había dejado de existir y que yo era el único ser humano con vida que quedaba. Cerca de la cima de Putney Hill encontré otro esqueleto humano, con los brazos arrancados. Al continuar avanzando, me convencí cada vez más de que ya se había cumplimentado la exterminación de la raza humana. Pensé que los marcianos habrían seguido su camino para ir a otro lado en busca de alimento. Quizá en ese momento estaban destruyendo París o Berlín o probablemente se habían ido hacia el norte.

7
El hombre de Putney Hill

Aquella noche la pasé en la hostería que se halla en lo alto de Putney Hill y por primera vez desde mi huida a Leatherhead dormí en una cama. No relataré el esfuerzo inútil que me costó forzar la entrada en la hostería –después descubrí que la puerta principal estaba sin llave– ni cómo registré todas las habitaciones en busca de alimento hasta que, ya a punto de renunciar, encontré, al fin, un pan masticado por las ratas y dos latas de ananás en conserva. La casa ya había sido saqueada. Después descubrí en el bar algunos bizcochos y sandwiches, que habían pasado por alto los que estuvieron allí antes que yo. Los sandwiches no pude comerlos, pero los bizcochos estaban buenos e hice una abundante provisión de ellos.

No encendí lámparas por temor de que algún marciano se aproximara a aquella parte de Londres durante la noche. Antes de acostarme sufrí un intervalo de inquietud y anduve de ventana en ventana espiando hacia el exterior por si veía a los monstruos. Dormí poco. Mientras me hallaba en la cama pude pensar como no lo hiciera desde mi última riña con el cura. Desde entonces hasta ese momento mi condición mental había sido una rápida sucesión de vagos estados emocionales o una especie de estúpida negación de la inteligencia. Pero aquella noche, fortificado ya por los alimentos ingeridos, pude reflexionar con claridad.

Tres detalles se esforzaban por lograr el predominio absoluto en mi cerebro: la muerte del cura, el paradero de los marcianos y el posible destino corrido por mi esposa. Lo primero no me causaba horror ni remordimiento; lo consideraba simplemente como algo terminado y como un recuerdo desagradable, pero nada más. Me veía entonces como me veo ahora, llevado paso a paso hacia aquel acto de violencia, víctima de una sucesión de accidentes que me condujo a la tragedia final. No sentía remordimientos; sin embargo, me molestaba el recuerdo. En el silencio de la noche, presa de esa sensación de la proximidad de Dios que solemos experimentar mientras reinan el silencio y la oscuridad, me formé el único juicio por aquel momento de ira y temor.

Revisé mentalmente cada aspecto de nuestras relaciones desde el momento en que lo hallé junto a mí, sin prestar atención a mi sed y señalando hacia el humo las llamas que se alzaban de las ruinas de Weybridge. En ningún momento nos comprendimos. De haber previsto lo que iba a ocurrir le hubiera dejado en Halliford. Mas no preví nada, y el crimen es prever y obrar. Dejo constancia de esto tal como fue. No hubo testigos: bien podría haber ocultado estas cosas. Pero lo incluyo en mi relato, como he incluido todo, y que el lector se forme el juicio que le dicte su criterio.

Y cuando hube dejado de lado el recuerdo de su cuerpo inerte hice frente al problema de los marcianos y al posible destino de mi esposa. Con respecto a lo primero no tenía informe alguno; podía imaginar mil cosas, lo mismo que con lo segundo. Y de pronto, la noche me pareció terrible. Me senté en el lecho, con la vista clavada en la oscuridad. Pedí al cielo que el rayo calórico la hubiera matado súbitamente y sin causarle sufrimientos. Desde la noche de mi regreso de Leatherhead no había orado. Había murmurado plegarias falsas, había orado como los paganos profieren encantamientos en casos de apuro; pero ahora oré en realidad, con cordura y fe, cara a cara con las tinieblas de Dios. ¡Extraña noche! Y más extraña aún en esto: tan pronto como llegó el alba, yo, que había hablado con Dios, salí de la casa furtivamente, como la rata abandona su cueva. Era entonces un animal inferior, tan perseguido como el roedor al que he mencionado. Es seguro que si esta guerra no nos enseñó otra cosa, nos hizo, por lo menos, ser comprensivos con las bestias a las que dominamos.

Era un día magnífico y el cielo se teñía de rosa en el oriente. En el camino que se extiende desde Putney Hill hasta Wimbledon había una serie de dolorosos vestigios del aterrorizado torrente, que debe haber llegado a Londres el domingo por la noche, después que se iniciaron las hostilidades.

Vi un carro de dos ruedas con una inscripción que decía: Thomas Lobb, verdulero, New Malden. Tenía una rueda destrozada y junto al mismo había un sombrero de paja incrustado en el barro ahora seco. En la parte superior de West Hill descubrí muchos vidrios manchados de sangre cerca de un abrevadero derribado.

Mis movimientos eran lánguidos, mis planes muy vagos. Tenía la idea de ir hasta Leatherhead, aunque no ignoraba que eran muy escasas las posibilidades de que hallara allí a mi esposa. A menos que la muerte los hubiera sorprendido súbitamente, era lógico suponer que mis primos habían huido; pero me pareció que podría enterarme allí de la dirección en que habían marchado los habitantes de Surrey. Deseaba encontrar a mi esposa, pero no sabía cómo hacerlo. En esos momentos caí en la cuenta de mi terrible soledad.

Desde la esquina avancé por entre los setos y árboles hacia los límites del amplio campo comunal de Wimbledon.

Aquella extensión oscura estaba salpicada en parte por flores de retama y argomas amarillas; no vi la hierba roja, y cuando andaba de un lado a otro, sin decidirme a salir a campo abierto, se levantó el sol, inundándolo todo con su luz y vitalidad.

Descubrí entonces un grupo de ranas muy ocupadas en alimentarse en un charquito entre los árboles. Me detuve para mirarlas y ellas me dieron una lección en su firme voluntad de continuar viviendo.

Poco después me volví con la extraña impresión de que alguien me observaba y descubrí algo acurrucado entre un matorral cercano. Me quedé mirándolo. Después di un paso en esa dirección y del matorral se levantó un hombre armado con un machete. Me acerqué con lentitud mientras él me observaba en silencio y sin moverse.

Al avanzar me di cuenta de que vestía ropas tan sucias como las mías. En verdad, daba la impresión de haberse arrastrado por las zanjas del camino. Sus negros cabellos le caían sobre los ojos y sus facciones se mostraban oscuras, sucias y enflaquecidas, razón por la cual no le reconocí al principio. Tenía un tajo enrojecido en la parte inferior de la cara.

—¡Deténgase! —me gritó cuando me hallaba a diez metros de él. Me detuve de inmediato.

—¿De dónde viene? —me preguntó con voz ronca.

Me quedé pensando mientras lo examinaba con atención.

—Vengo de Mortlake —dije al fin—. Estuve sepultado cerca del pozo que hicieron los marcianos alrededor de su cilindro. Logré salir y he escapado.

—Por aquí no hay alimentos —manifestó—. Esta región es mía. Toda esta colina hasta el río, y por atrás, hasta Clapham y el borde del campo comunal. Hay comida para uno solo. ¿Hacia dónde va?

—No sé —le respondí con lentitud—. Estuve sepultado en las ruinas de una casa durante trece o catorce días. No sé qué ha pasado.

Me miró con expresión dubitativa y luego dio un respingo fijándose en mí con más atención.

—No deseo quedarme por aquí —agregué—. Creo que seguiré hacia Leatherhead, pues allí estaba mi esposa.

Él me señaló con el dedo.

—Es usted —dijo—. El hombre de Woking. ¿Y no lo mataron en Weybridge?

Lo reconocí en el mismo momento.

—Usted es el artillero que entró en mi jardín.

—¡Qué buena suerte! —exclamó—. Somos afortunados. ¡Usted! —me tendió la diestra y se la estreché—. Yo me metí en un desagüe. Y después que se fueron escapé por los campos hacia Walton. Pero… todavía no hace dieciséis días y está usted lleno de canas.

Miró de pronto por encima del hombro.

—No es más que una corneja —agregó—. Estos días se entera uno de que hasta los pájaros hacen sombra. Estamos muy al descubierto. Metámonos entre esos matorrales y conversaremos.

—¿Ha visto a los marcianos? —inquirí—. Desde que salí…

—Se han ido al otro lado de Londres. Creo que allí tienen un campamento más grande. Por allá, por el lado de Hampstead, el cielo se llena de luces durante la noche. Es como una gran ciudad, y en el resplandor se los ve moverse. De día no se ve nada. Pero más cerca..., no los he visto... –contó con los dedos– en cinco días. Vi a dos de ellos al otro lado de Hammersmith. Llevaban algo grande. Y anteanoche... –hizo una pausa y agregó en voz más baja–: fue cuestión de luces, pero había algo en el aire. Creo que han construido una máquina de volar y están experimentando con ella.

Me detuve sobre manos y rodillas. Ya habíamos llegado a los matorrales.

–¿Vuelan?

–Sí; vuelan –repuso.

Me introduje por debajo de las ramas y me senté.

–La humanidad está perdida –expresé–. Si pueden hacer eso darán la vuelta al mundo...

Él asintió.

–Sí. Pero eso aliviará un poco las cosas por aquí. Además... –me miró a los ojos–. ¿No está usted convencido de que la humanidad está liquidada? Yo, sí. Estamos vencidos.

Me quedé mirándolo. Por extraño que parezca, no había llegado yo a esta conclusión. El hecho me resultó perfectamente obvio al oírselo afirmar. Aún abrigaba una esperanza vaga o, más bien, conservaba una manera de pensar desarrollada durante la costumbre de toda una vida. Él repitió con absoluta convicción: –Estamos vencidos. Guardó silencio un momento.

–Ha terminado todo –dijo luego–. Ellos perdieron uno. Sólo uno. Se han afianzado en la Tierra y destrozaron a la potencia más grande del mundo. Nos aplastaron. La muerte de aquel de Weybridge fue un accidente. Y éstos no son más que los primeros. Siguen viniendo. Esas estrellas verdes... No he visto ninguna en los últimos cinco o seis días, pero estoy seguro de que caen todas las noches en alguna parte. No se puede hacer nada. ¡Estamos aplastados! ¡Vencidos!

No le respondí. Me quedé con la vista clavada en el vacío esforzándome en vano por pensar algo que desvirtuara sus afirmaciones.

—Esto no es una guerra —continuó el artillero—. Nunca lo fue. Tampoco las hormigas pudieron hacernos la guerra a nosotros.

Súbitamente recordé aquella noche del observatorio.

—Después del tercer disparo no hubo más... Por lo menos, hasta que llegó el primer cilindro.

—¿Cómo lo sabe usted? —me preguntó. Se lo expliqué.

—Se habrá descompuesto el cañón —dijo entonces—. ¿Pero qué importa eso? Ya lo arreglarán. Y aunque haya una demora, el final será el mismo. Hombres contra hormigas. Las hormigas construyen sus ciudades, viven en ellas y tienen sus guerras y sus revoluciones, hasta que los hombres quieren quitarlas de en medio, y entonces desaparecen. Eso es lo que somos... Hormigas. Sólo que...

—¿Sí? —le urgí.

—Somos hormigas comestibles.

Nos quedamos mirándonos.

—¿Y qué harán con nosotros? —dije al fin.

—En eso he estado pensando. Después de Weybridge me fui al sur, pensando siempre. Vi lo que pasaba. La mayor parte de la gente gritaba y se excitaba. Pero yo no soy de los que gritan. He visto la muerte de cerca una o dos veces; no soy un soldado ornamental y la muerte no me asusta. Pues bien, el que se salva es el que piensa. Vi que todos se iban al sur y me dije: "Por aquel lado no durarán los alimentos". Y me volví. Fui en busca de los marcianos, como el gorrión busca a los hombres —con un amplio ademán indicó los alrededores—. Por todas partes se mueren de hambre a montones y se pisotean unos a otros...

Vio mi expresión y se interrumpió un instante.

—Sin duda alguna, los que tenían dinero escaparon a Francia —continuó al poco—. Aquí hay comida. Latas de conservas en las tiendas de comestibles; vinos, licores, aguas minerales, y los caños principales de desagüe y las cloacas grandes están vacíos. Ahora bien, le estaba diciendo lo que pensaba yo. "Aquí hay seres inteligentes —me dije—. Y parece que nos quieren como alimento". Primero destruirán nuestros barcos, máquinas, armas, ciudades, y terminarán con el orden y la organización. Todo eso desaparecerá. Si fuéramos del tamaño de las hormigas podríamos salvarnos. Pero no lo somos. Ésa es la primera seguridad que tenemos, ¿eh?

Asentí.

—Así es. Ya lo he pensado. Pues bien, vamos ahora. Por el momento nos capturan cuando quieren. Un marciano no tiene más que caminar unas millas para encontrar una multitud en fuga. Y un día vi a uno en Wandsworth que hacía pedazos las casas y rebuscaba entre las ruinas. Pero no seguirán haciendo eso. Tan pronto como hayan terminado con nuestras armas y barcos, destruido nuestros ferrocarriles y finalizado las cosas que están haciendo aquí comenzarán a cazarnos de manera sistemática, eligiendo a los mejores y guardándonos en jaulas. Eso es lo que harán después de un tiempo. ¡Dios! todavía no han empezado con nosotros. ¿No se da cuenta?

—¿No han empezado? —exclamé.

—No. Lo que ha pasado hasta ahora se debe a que no hemos tenido la prudencia de quedarnos quietos y los hemos molestado con nuestros cañones y tonterías. Además, perdimos la cabeza y huimos en grandes multitudes hacia donde no había más seguridad que en los sitios en que estábamos.

Todavía no quieren molestarnos. Están fabricando sus cosas, todas las que no pudieron traer consigo, y preparando lo necesario para el resto de su raza. Posiblemente se deba a eso que hayan dejado de caer otros cilindros, pues, sin duda, temen aplastar a los que ya están aquí. Y en lugar de correr a ciegas o de juntar dinamita con la esperanza de hacerlos volar tenemos que prepararnos para un nuevo estado de cosas. Así es como lo pienso yo. No está eso de acuerdo con lo que el hombre desea para su especie, pero es lo que nos aconsejan las circunstancias. Sobre ese principio me basé para obrar. Las ciudades, las naciones, la civilización, el progreso…, todo eso ha terminado. Finalizó la partida. Estamos vencidos.

—Pero si es así, ¿para qué hemos de seguir viviendo?

El artillero me miró con fijeza durante un momento.

—No habrá más conciertos hasta dentro de un millón o más de años; no habrá una academia real de artes ni restaurantes de lujo.

Si son diversiones lo que le interesan puede olvidarse de ellas. Si tiene modales delicados o le desagrada comer las arvejas con el cuchillo o pronunciar malas palabras, le conviene dejar de lado esos reparos. Ya no servirán de nada.

—¿Quiere decir...?

—Quiero decir que los hombres como yo son los que seguirán viviendo..., para que no se pierda la raza. Le digo que estoy firmemente dispuesto a vivir. Y si no me equivoco, usted también demostrará lo que vale y será como yo. No vamos a permitir que nos exterminen. Y tampoco pienso dejar que me capturen, me domestiquen y me engorden como a un cerdo o a una vaca. ¡Uf! ¡Esos malditos bichos que se arrastran!

—No querrá decir que...

—Sí. Yo viviré bajo sus pies. Ya lo tengo proyectado a la perfección. Estamos vencidos; no sabemos lo suficiente. Debemos aprender para lograr otra oportunidad de triunfar. Y tenemos que vivir y mantenernos independientes mientras aprendemos. ¿Comprende? Eso es lo que ha de hacerse.

Lo miré con fijeza, lleno de asombro y profundamente conmovido por su resolución.

—¡Dios mío! —exclamé—. ¡Es usted todo un hombre!

Acto seguido le estreché la mano.

—¿Eh? —dijo él con los ojos relucientes—. Lo pensé bien, ¿eh?

—Prosiga usted.

—Pues bien, los que no quieran ser atrapados deben prepararse. Yo ya lo he hecho. Eso sí, no todos nosotros tenemos lo que se necesita para ser bestias salvajes, y eso es lo que hemos de ser. Por eso lo estuve observando. Tuve mis dudas al verle tan delgado. Claro que no sabía que era usted ni que había estado sepultado. Todos éstos, los que vivían en estas casas, y todos los condenados dependientes de comercio, que vivían por allá, no sirven. No tienen coraje, no sueñan ni ansían nada, y el que no tiene esas cosas, no vale un ardite.

"Todos ellos solían salir corriendo para el trabajo. He visto centenares de ellos, con el desayuno en la mano, correr para tomar su tren por temor de llegar tarde al trabajo y perder el empleo. Se dedicaban a negocios que nunca quisieron entender.

Volvían corriendo a sus casas por temor de no llegar a tiempo para la cena. Se quedaban en sus hogares después de comer por temor a la oscuridad de las calles. Y dormían con sus esposas no porque las quisieran, sino porque ellas tenían un poco de dinero, que les brindaba algo de seguridad en sus miserables vidas. Vidas aseguradas por temor a la muerte y a los accidentes.

"Y los domingos…, el miedo al Más Allá. ¡Como si el infierno quisiera conejos! Pues bien, los marcianos serán una bendición para ellos. Bonitas jaulas, bien aireadas; alimentos de primera; nada de preocupaciones… Después de una semana de andar corriendo por los campos sin nada que comer irán por su propia voluntad para que los capturen. Al cabo de un tiempo estarán contentos y se preguntarán qué hacía la gente antes de que los marcianos se hicieran cargo de las cosas.

"Y los borrachos y los holgazanes…, ya me los imagino. Todos se volverán religiosos. Hay centenares de cosas que he visto y que sólo en estos últimos días comencé a entender con claridad. Muchos aceptarán las cosas como se presenten y otros se afligirán porque algo anda mal y pensarán que es necesario hacer algo.

"Ahora bien, cuando las cosas se ponen de tal manera que muchas personas opinan que deberían hacer algo, los débiles de carácter y los que se debilitan con mucho pensar siempre inventan una especie de religión de brazos cruzados, muy pía y superior, y se someten a la persecución y a la voluntad del Señor. Posiblemente lo haya visto usted. En esas jaulas resonarán los himnos y los salmos. Y los menos simples contribuirán con un poco de…, ¿cómo se llama?… Erotismo".

Hizo una pausa.

—Es muy posible que los marcianos tengan preferidos entre ellos; que les enseñen a hacer pruebas. ¿Quién sabe? Puede que se pongan sentimentales con algún muchachito que se crió entre ellos y deba ser sacrificado. Y es posible que enseñen a algunos a perseguirnos.

—No —exclamé—. ¡Eso es imposible! Ningún ser humano…

—¿De qué sirven esas mentiras? —me interrumpió el artillero—. Muchos hombres lo harían con gusto. ¿De qué vale fingir que no es así?

Y yo sucumbí a su convicción.

—Si vienen a buscarme... ¡Dios! Si vienen a buscarme...

Calló para meditar con el ceño fruncido.

Me puse a pensar en lo que había dicho. No encontré argumentos para oponer a sus afirmaciones. En los días anteriores a la invasión nadie habría puesto en duda mi superioridad intelectual en comparación con la suya —yo, un conocido escritor de temas filosóficos, y él, un soldado común— y, sin embargo, él ya había delineado una situación que yo no alcanzaba a comprender del todo.

—¿Qué hace usted? —pregunté al poco—. ¿Qué planes tiene?

Vaciló un momento antes de contestarme.

—Verá usted —dijo al fin—. ¿Qué tenemos que hacer? Tenemos que inventar una clase de vida en la que los hombres puedan medrar y multiplicarse y estén seguros de poder criar a sus hijos. Sí... Espere un momento y le aclararé lo que pienso que puede hacerse. Los mansos desaparecerán como las bestias mansas; en pocas generaciones serán gordos, estarán bien cuidados... y servirán de alimento a los marcianos. El riesgo está en que los que sigamos sueltos nos volvamos salvajes y degeneremos para convertirnos en una especie de raza feroz... Verá usted, pienso vivir bajo tierra. He elegido las cloacas y los desagües. Claro que los que no los conocen creen que son algo terrible; pero debajo de Londres hay miles y miles de conductos, y en unos cuantos días de lluvia, estando la ciudad desocupada, quedarán perfectamente limpios. Los caños principales son lo bastante grandes y aireados para vivir. Además, están los sótanos, las bóvedas de los bancos y de las tiendas, y desde ellos se pueden abrir pasajes hasta los caños. Y los túneles del ferrocarril y los del tren subterráneo. ¿Eh? ¿Comprende? Formaremos una banda de hombres fuertes e inteligentes. No aceptaremos a cualquiera que quiera unírsenos. A los débiles, los rechazaremos.

—¿Como pensaba hacer conmigo?

—Bueno..., por lo menos, parlamenté con usted, ¿no?

—No discutiremos el punto. Prosiga.

—Los que estén con nosotros deberán obedecer órdenes. También tendremos mujeres sanas y fuertes; madres y maestras. Nada de damas delicadas y estúpidas. No queremos débiles y tontos. La vida vuelve a ser vida verdadera y los inútiles y torpes deben desaparecer. Deberían estar dispuestos a morir. Al fin y al cabo, sería desleal que siguieran viviendo para contaminar la raza. Por otra parte, no podrían ser felices.

"Nos reuniremos en todos esos lugares. Nuestro distrito será Londres. Y hasta podremos mantener una guardia y andar al descubierto cuando se alejen los marcianos. Es posible que hasta podamos jugar al cricket. Así salvaremos la raza. ¿Eh? ¿No es posible? Pero eso de salvar la raza no es nada. Como le dije, así seremos ratas solamente. Lo importante es que salvemos nuestros conocimientos y los aumentemos. En eso intervendrán los hombres como usted. Hay libros, modelos. Debemos hacer depósitos bien profundos y obtener todos los libros que podamos; nada de novelas y estúpidas poesías, sino libros de ideas y de ciencia. Iremos al Museo Británico a recoger esos volúmenes. En especial tendremos que conservar nuestra ciencia y aprender más. Debemos observar a los marcianos. Algunos de nosotros iremos como espías. Cuando esté todo en marcha es posible que vaya yo mismo y me deje capturar. Y lo importante es que dejaremos en paz a los marcianos. Ni siquiera robaremos. Si vemos que los molestamos en algo, nos iremos. Hay que demostrarles que no pensamos hacerles daño. Sí, ya lo sé. Pero son inteligentes y nos cazarán si tienen todo lo que quieren y nos consideran alimañas inofensivas.

El artillero hizo una pausa y puso una mano sobre mi brazo.

—Al fin y al cabo, quizá no sea tanto lo que tengamos que aprender antes de... Imagínese esto: cuatro o cinco de sus máquinas de guerra se apartan de pronto; rayos calóricos a derecha e izquierda y ni un marciano que los maneje. Ni un marciano, sino hombres; hombres que han aprendido a hacerlo. Quizá sea en mi tiempo. ¡Qué agradable sería tener una de esas máquinas y su rayo calórico! ¡Qué magnífico controlar eso! ¿Qué importaría que nos hicieran pedazos, al fin, si se pudiera liquidar a unos cuantos así? Entonces sí que abrirían los ojos esos marcianos. ¿No se lo imagina usted? ¿No los ve ya arrastrándose trabajosamente hacia sus otros aparatos? En todos ellos encontrarían algo descompuesto. Y mientras estuvieran arreglando los desperfectos, ¡paf!, llega el rayo calórico y el hombre vuelve a recobrar lo suyo.

Durante un rato dominó por completo mi mente la audacia imaginativa del individuo y el tono de coraje y seguridad con que hablaba. Creí sin ninguna vacilación en su profecía del destino humano y en la posibilidad de llevar a cabo su asombroso plan, y el lector que me considere susceptible y tonto debe contrastar su posición, pensar en el tema poniéndose en mi lugar e imaginarse a sí mismo, como me hallaba yo en aquellos momentos, acurrucado entre los matorrales y lleno de aprensión.

De esta manera hablamos durante parte de la mañana, y algo más tarde, una vez que hubimos comprobado que no había marcianos en los alrededores, corrimos precipitadamente hacia la casa de Putney Hill, donde mi nuevo compañero había instalado su cubil. Era el sótano del carbón, y cuando vi el trabajo que llevara a cabo en una semana –un túnel de sólo diez metros de largo, con el que pensaba llegar hasta la cloaca principal de Putney Hill– tuve mi primera sospecha sobre el abismo que había entre sus sueños y su capacidad para llevarlos a cabo. Un pozo así podía yo haberlo cavado en un día. Pero creí en él lo suficiente como para ayudarle a trabajar aquella mañana hasta pasado el mediodía.

Teníamos una carretilla y arrojábamos a la cocina la tierra extraída. Nos refrescamos con una lata de sopa de tortuga y vino de la despensa vecina. En esta labor encontré el curioso alivio de la impresión que me embargaba al encontrarme en un mundo tan extraño. Mientras trabajábamos reflexioné largamente sobre sus proyectos y, al fin, comenzaron a presentarse objeciones y dudas; pero seguí cavando allí toda la mañana, pues me alegraba tener de nuevo algo definido que hacer.

Al cabo de una hora comencé a pensar en la distancia que debíamos cavar antes de llegar a la cloaca y en la posibilidad que teníamos de no dar con ella. Mi objeción primera fue que tuviéramos que cavar un túnel tan largo cuando era posible entrar en la cloaca de inmediato por una de las tomas de la calle y excavar desde ella hacia la casa. También me pareció que mi amigo había elegido mal la casa y que requería un túnel demasiado largo. Y cuando empezaba a hacerme cargo de estos detalles, el artillero dejó la pala y me miró.

–Estamos trabajando bien –dijo–. Dejémoslo por un rato. Creo que ya es hora de ir a explorar los alrededores desde el techo.

Yo era partidario de continuar, y tras una ligera vacilación, él tomó de nuevo la pala. De pronto se me ocurrió una idea e interrumpí mi labor. Él me imitó de inmediato.

–¿Por qué andaba caminando por el campo comunal en vez de estar aquí? –le pregunté.

–Estaba tomando aire –repuso–. Ya volvía. Es menos peligroso de noche.

–Pero ¿y el trabajo?

–Uno no puede trabajar siempre –dijo.

De inmediato lo vi tal cual era. Él titubeó un instante, con la pala en la mano.

–Ahora deberíamos hacer un reconocimiento desde arriba, pues si se acerca alguno de ellos podría oír el ruido y tomarnos de sorpresa –manifestó.

Ya no me sentí dispuesto a objetar. Juntos fuimos al techo y nos paramos sobre una escalera para espiar desde la puerta de la azotea. No se veía marciano alguno y nos aventuramos a salir.

Desde el parapeto no podíamos ver casi nada de Putney debido a los matorrales; pero dominábamos el río, que era una masa de hierba roja, y las partes más bajas de Lamberth, completamente inundadas. La enredadera marciana subía por los árboles cercanos al viejo palacio y las ramas muertas sobresalían por entre los rojos racimos. Resultaba extraño ver cuán por entero dependían del agua aquellas plantas para propagarse. A nuestro alrededor ninguna de las dos había logrado medrar.

Miramos hacia el norte, y al otro lado de Kensington vimos que se elevaban grandes nubes de humo denso.

El artillero comenzó a hablarme de la clase de gente que aún quedaba en Londres.

–Una noche de la semana pasada algunos locos pusieron en funcionamiento las centrales eléctricas. Toda la calle Regent y el

Circus se iluminaron de repente y allí se juntaron mujeres pintadas y hombres borrachos, que estuvieron bailando y gritando hasta el amanecer.

"Me lo contó un hombre que estuvo allí y parece que al llegar el día vieron una máquina guerrera parada cerca de Langham mirándolos. Dios sabe cuánto tiempo había estado allí. Bajó por el camino hacia ellos y se apoderó de cerca de cien, que estaban demasiado borrachos y asustados para huir. ¡Grotesco vislumbre de una época que ninguna historia llegará a describir completamente!

Después de esto, y en respuesta a mis preguntas, volvió a mencionar sus grandiosos planes. En seguida se entusiasmó y habló con tanta elocuencia de la posibilidad de capturar una máquina guerrera, que casi estuve a punto de volverle a creer. Pero ahora, que ya comenzaba a entender su carácter, comprendí por qué insistía en que no se hiciera nada precipitadamente. Y noté que ahora no era cuestión de que fuera él en persona quien capturase o hiciera frente a la máquina.

Al cabo de un rato bajamos al sótano. Ninguno de los dos estaba dispuesto a continuar el trabajo, y cuando él sugirió que comiéramos, acepté de buen grado. Mi compañero se tornó de pronto muy generoso, y cuando hubimos comido se fue y volvió poco después trayendo unos cigarros excelentes. Los encendimos, y su optimismo llegó al punto culminante. Sentíase inclinado a considerar mi llegada como algo extraordinario.

—Hay champaña en el sótano —dijo.

—Podremos cavar mejor si seguimos tomando este vino —repuse.

—No. Hoy soy yo el anfitrión. Tomaremos champaña. ¡Dios santo! Bastante grande es la tarea que nos espera. Descansemos y cobremos fuerzas mientras podamos. Mire las ampollas que tengo en las manos.

Y continuando la idea de tomarnos un día de descanso, jugamos a las cartas después de la comida. Me enseñó a jugar euchre, y después de dividir a Londres entre ambos, quedándome yo con la parte del norte y él con la del sur, nos disputamos las distintas parroquias. Por grotesco y alocado que parezca esto al sobrio lector, es la pura verdad, y lo más extraordinario es que el juego me resultó en extremo interesante.

¡Cuán extraña es la mente del hombre! Estando nuestra especie al borde de la muerte o de la peor de las degradaciones, sin perspectiva clara ante nosotros, salvo la de una muerte espantosa, pudimos estar allí sentados, siguiendo los caprichos de los cartones pintados y jugando con gran entusiasmo.

Después me enseñó a jugar al póquer y le gané luego tres partidas de ajedrez. Al llegar la noche estábamos tan interesados, que decidimos correr el riesgo de encender una lámpara.

Cenamos al cabo de una serie interminable de partidas y el artillero terminó con la champaña. Continuamos fumando los cigarros. Él no era ya el enérgico regenerador de su especie que encontrara yo en la mañana. Seguía mostrándose optimista; mas era el suyo un optimismo más reflexivo y menos dinámico. Recuerdo que terminó con un brindis a mi salud, expresado en un discurso de poca variedad y muchos balbuceos. Tomé entonces un cigarro y subí para ver las luces de que me había hablado, las que según él brillaban con matices verdosos a lo largo de las colinas Highgate.

Al principio miré hacia el Valle de Londres con cierta sorpresa. Las colinas del norte estaban envueltas en la mayor oscuridad; los fuegos próximos a Kensington relucían con reflejos rojizos, y de cuando en cuando se elevaba una llamarada de color naranja, que terminaba por perderse en el azul oscuro del cielo. Todo el resto de Londres estaba en tinieblas. Luego, algo más cerca, percibí una luz extraña, un resplandor fosforescente de color violeta pálido, que titilaba ante los impulsos de la brisa. Por un momento no pude identificarlo y después comprendí que debía ser la hierba roja la que lo causaba.

Al darme cuenta de esto se despertó en mí de nuevo el sentido de la proporción. Miré entonces hacia Marte, que brillaba en Occidente, y me volví luego para contemplar largamente las tinieblas donde se hallaban Hampstead y Highgate.

Mucho tiempo estuve sobre la azotea pensando en los grotescos cambios que viera en ese día. Recordé mis estados mentales, desde la plegaria de la medianoche hasta las estúpidas partidas de naipes. Experimenté entonces una repugnancia súbita y recuerdo que arrojé el cigarro con cierto simbolismo derrochador.

Comprendí en seguida la exageración de mi locura. Era un traidor para mi esposa y para mi raza; me sentí lleno de remordimientos.

Tomé entonces la resolución de dejar al extraño e indisciplinado soñador de grandes cosas a solas con su bebida y alimentos y entrar en Londres. Me pareció que allí tendría más posibilidades de enterarme de lo que hacían los marcianos y mis semejantes. Todavía me hallaba en la azotea cuando se elevó la luna en el cielo.

8
La ciudad muerta

Después de que me separé del artillero, descendí la colina y tomé por la calle High cruzando el puente hasta Fulham. La hierba roja crecía profusamente en aquel entonces y cubría casi todo el puente, pero sus hojas se presentaban ya descoloridas en muchas partes, víctimas, sin duda, de la enfermedad que poco después las habría exterminado.

En la esquina del camino que dobla hacia la estación de Putney Bridge encontré a un hombre tendido en el suelo. Le cubría por completo el polvo negro y estaba vivo, pero se encontraba completamente borracho. No pude sacarle más que maldiciones, y cuando me aproximé quiso atacarme. Creo que me habría quedado con él de no haber sido por el aspecto brutal de sus facciones.

Había polvo negro en todo el camino desde el puente en adelante, y en Fulham abundaba aun más. En las calles reinaba un silencio impresionante. Conseguí algo de comer en una panadería del barrio. Ya en dirección a Walham Green, las calles estaban libres del polvo, y pasé frente a un grupo de casas que ardían; el ruido del incendio me resultó agradable en medio de tanto silencio. Al seguir hacia Brompton volvió a deprimirme la quietud reinante.

Allí encontré, una vez más, el polvo negro en las calles y sobre los cadáveres, de los cuales vi una docena en toda la extensión del Fulham Road. Hacía días que estaban muertos, razón por la cual me apresuré a alejarme. El polvo negro los cubría a todos, suavizando sus contornos. Los perros habían atacado a varios.

Donde no se veía polvo negro, la ciudad presentaba el aspecto normal de los domingos, con sus tiendas cerradas, las casas desocupadas y el silencio general. En algunos sitios habían andado los saqueadores, pero sólo en los comercios de comestibles y licores. Vi el cristal destrozado del escaparate de una joyería, pero alguien debía haber interrumpido al ladrón, pues había numerosas cadenas de oro y algunos relojes diseminados por la acera. No me molesté en tocarlos. Más adelante encontré una mujer hecha un ovillo en un portal; la mano que apoyaba sobre una rodilla tenía una herida, que había sangrado sobre su vestido, y junto a ella vi los restos de una botella de champaña. Parecía dormida, pero estaba muerta.

Cuanto más me adentraba en Londres, tanto más profundo se hacía el silencio. Pero no era tanto el silencio de la muerte, sino más bien el del suspenso y la expectativa. En cualquier momento podía llegar allí la mano destructora que hiciera su obra nefasta en los límites de la metrópoli, aniquilando Ealing y Kilburn.

En South Kensington no había cadáveres ni polvo negro. Fue allí donde oí por primera vez los aullidos. Eran éstos como un largo sollozo compuesto de dos notas que se repetían alternativamente. "Ula, ula, ula", era el sonido escalofriante que llegó a mis oídos. Cuando pasaba por las calles que corrían de norte a sur se acrecentaba su volumen, perdiéndose luego por entre las casas. Se tornó extraordinariamente voluminoso en el Exhibition Road. Allí me detuve, mirando hacia Kensington Gardens, asombrado ante el extraño gemido, que parecía llegar desde muy lejos. Era como si el tremendo desierto de edificios hubiera hallado una voz que expresara su terror y soledad.

"Ula, ula, ula", se repetía la nota sobrehumana en grandes ondas sonoras que barrían la ancha calle.

Me volví hacia el norte, mirando los portales de hierro de Hyde Park. Estuve tentado de entrar en el Museo de Historia Natural y subir a las torres, a fin de ver el otro lado del parque. Pero decidí seguir por las calles, donde era posible ocultarse con más rapidez en caso de peligro, y por ello continué avanzando por el Exhibition Road.

Todas las mansiones de ambos lados de la avenida estaban desiertas y silenciosas y mis pasos despertaban los ecos dormidos de la arteria. En el otro extremo, cerca de la entrada del parque, vi un extraño espectáculo: un ómnibus volcado y el esqueleto completamente limpio de un caballo. Durante un tiempo me quedé mirando esto con gran asombro y después continué hacia el puente que salva el Serpentine. La voz se tornó más sonora, aunque no veía yo nada sobre los techos de las casas del lado norte del parque.

"Ula, ula, ula", gritaba la voz, procedente, según me pareció, del distrito próximo a Regent Park. El tremendo gemido hizo su efecto en mi mente. Se apabulló mi ánimo y el temor hizo presa en mí. Descubrí que me sentía fatigado, dolorido y nuevamente hambriento.

Ya era más de mediodía. ¿Por qué vagaba solo en esa ciudad de muerte? ¿Por qué estaba yo solo en pie, cuando todo Londres yacía cubierto por su mortaja negra? Me sentí intolerablemente solitario. Recordé viejos amigos que había olvidado años atrás. Pensé en los venenos de las farmacias, en los licores de las tiendas de vino; recordé a los otros dos seres: uno, borracho, y el otro, muerto, que parecían ser los únicos que compartían la ciudad conmigo…

Entré en la calle Oxford por Marble Arch y allí vi de nuevo el polvo negro y los cadáveres, mientras que de las rejillas de ventilación de los sótanos salía un olor horrible. El calor de la larga caminata avivó mi sed. Con gran trabajo logré entrar en un restaurante y obtener alimento y bebida. Después de comer me sentí agotado y fui a una salita interior para acostarme en un sofá que encontré allí.

Desperté con el tremendo gemido resonando en mis oídos: "Ula, ula, ula". Caía ya la noche, y después de haberme apoderado de algunos bizcochos y un poco de queso —el depósito de carne no contenía más que gusanos— seguí camino hacia las plazuelas residenciales de la calle Baker, hasta que salí, al fin, a Regent Park.

Al salir por el extremo de la calle Baker vi sobre los árboles y muy a lo lejos el capuchón del gigante marciano del cual provenía el incesante aullido. No me sentí aterrorizado. Aquello fue como algo muy natural. Lo estuve observando un tiempo, pero el monstruo no se movió. Parecía estar parado y gritar y no pude adivinar la razón de que hiciera tal cosa.

Traté de formular un plan de acción, pero el perpetuo aullido me aturdió. Tal vez estaba demasiado cansado para ser cauteloso. Lo cierto es que sentí curiosidad por saber a qué se debía el monótono gemido.

Me alejé del parque y tomé por Park Road con la intención de dar la vuelta en torno del espacio abierto. Avancé bien a cubierto y logré ver al marciano desde la dirección de St. John's Wood. Al hallarme a doscientos metros de la calle Baker oí un coro de ladridos y vi primero a un perro que llevaba entre los dientes un trozo de carne putrefacta. El animal iba en dirección hacia mí y le seguía un grupo de otros canes. El primero describió un amplio rodeo para alejarse de mí, como si temiera que le disputase la carne. Al perderse los ladridos a lo lejos volví a oír claramente el ulular del marciano.

Me encontré con la máquina de trabajo destrozada en camino hacia la estación de St. John's Wood. Al principio creí que una de las casas se había desplomado sobre la calle. Cuando trepé sobre los escombros vi con sorpresa el Sansón mecánico en el suelo, con sus tentáculos doblados y rotos entre las ruinas que él mismo había causado. La parte delantera estaba aplastada. Parece que había avanzado ciegamente hacia la casa y quedó destrozada al caerle encima los escombros. Tuve la impresión de que esto podría haber ocurrido si la máquina de trabajo había escapado al control del marciano que la guiaba. No pude meterme entre los escombros para observarla mejor y estaba ya demasiado oscuro para que pudiera ver la sangre de que estaba manchado su asiento y los restos del marciano que dejaran los perros.

Mas maravillado aún por lo que acababa de ver, seguí hacia Primrose Hill. Muy a lo lejos, por un claro entre los árboles, vi a un segundo marciano, tan inmóvil como el primero, parado en el parque del Jardín Zoológico.

Poco más allá de los restos de la máquina de trabajo volví a encontrar la hierba roja y vi que el Canal Regent era una masa esponjosa de vegetación carmesí.

Cuando cruzaba el puente, cesó de pronto el prolongado gemido. El silencio subsiguiente me produjo la misma impresión de un trueno repentino.

Las casas de mi alrededor se elevaban entre las sombras; los árboles del parque se tornaban negros. La hierba roja trepaba por entre las ruinas hasta bastante altura. La noche, madre del terror y del misterio, se cernía ya sobre mí. Pero mientras sonaba aquella voz, la soledad había sido soportable; en virtud de ella, Londres había parecido vivo, y este detalle me sostuvo. Luego ocurrió el cambio, feneció algo –no sé qué– y el silencio se tornó aplastante.

Londres parecía mirarme. Las ventanas de las casas blancas eran como las cuencas vacías de cráneos blanqueados por el tiempo. Mi imaginación descubrió a mil enemigos que se movían silenciosos a mi alrededor. El terror hizo presa en mí. Más adelante, la calle se había tornado tan negra como la tinta y vi una forma retorcida en medio del camino. No pude seguir. Me volví por St. John's Wood Road y eché a correr para alejarme de aquella quietud insoportable e ir hacia Kilburn.

Me oculté de la noche y el silencio, hasta mucho después de las doce, en un refugio para cocheros que hay en Harrow Road. Pero antes del amanecer volví a recobrar el valor, y mientras brillaban todavía las estrellas salí de nuevo en dirección a Regent Park.

Me extravié por el camino y al poco vi, a la media luz del alba, la curva de Primrose Hill, al otro extremo de la larga avenida. En su cima se hallaba un tercer marciano, erguido e inmóvil como los otros.

Una idea insana se posesionó de mí. Terminaría de una vez con todo. Era mejor morir y me ahorraría la molestia de suicidarme. Marché decididamente hacia el titán, y luego, al acercarme más y acrecentarse la luz, vi que una multitud de pájaros negros volaba en círculos y se apiñaba alrededor del capuchón. Ante ese espectáculo dio un vuelco mi corazón y acto seguido eché a correr por el camino.

Pasé rápidamente por entre la frondosa hierba roja que cubría St. Edmond's Terrace, crucé con gran esfuerzo un torrente que nacía en los caños principales del servicio del agua y desembocaba en Albert Road y salí al prado antes que se elevara el sol.

Grandes montones de tierra se habían apilado alrededor de la cima de la colina formando un enorme reducto –aquella era la más grande y la última de las fortalezas hechas por los marcianos–, y desde detrás de los montones de tierra se elevaba una delgada columna de humo. Contra el fondo del cielo vi la silueta de un perro que echaba a correr y se perdía de vista.

La idea que se presentaba a mi mente se tornó más real y aceptable. No sentí temor, sino un júbilo extraordinario, al correr colina arriba hacia el monstruo inmóvil. Del capuchón pendían jirones de carne parda, que los pájaros picoteaban.

Un momento más y había trepado a la muralla de tierra. Ya tenía a mi vista el enorme reducto. Era un espacio muy grande y había en él máquinas gigantescas, altas pilas de materiales y extraños refugios. Y, diseminados por todas partes, algunos en sus máquinas de guerra derribadas; otros en las máquinas de trabajo, ahora inmóviles, y una docena de ellos tendidos en una hilera silenciosa, se hallaban los marcianos…, ¡todos muertos! Destruidos por las bacterias de la corrupción y de la enfermedad, contra las cuales no tenían defensas; destruidos, como le estaba ocurriendo a la hierba roja; derrotados – después de que fallaron todos los inventos del hombre– por los seres más humildes que Dios, en su sabiduría, ha puesto sobre la Tierra.

Había sucedido lo que yo y muchos otros podríamos haber previsto si no nos hubiera cegado el terror. Los gérmenes de las enfermedades han atacado a la humanidad desde el comienzo del mundo, exterminaron a muchos de nuestros antecesores prehumanos desde que se inició la vida en la Tierra. Pero en virtud de la selección natural de nuestra especie, la raza humana desarrolló las defensas necesarias para resistirlos. No sucumbimos sin lucha ante el ataque de los microbios, y muchas de las bacterias –las que causan la putrefacción en la materia muerta, por ejemplo– no logran arraigo alguno en nuestros cuerpos vivientes.

Pero no existen las bacterias en Marte, y no bien llegaron los invasores, no bien bebieron y se alimentaron, nuestros aliados microscópicos iniciaron su obra destructora. Ya cuando los observé yo estaban irrevocablemente condenados, muriendo y pudriéndose mientras andaban de un lado para otro. Era inevitable. Con un billón de muertes ha adquirido el hombre su derecho a vivir en la Tierra y nadie puede disputárselo; no lo habría perdido aunque los marcianos hubieran sido diez veces más poderosos de lo que eran, pues no en vano viven y mueren los hombres.

Aquí y allá se encontraban diseminados cerca de cincuenta, en total, en aquel último reducto, sorprendidos por una muerte que debe haberles parecido incomprensible.

Para mí también resultó incomprensible su muerte. Todo lo que supe fue que esos seres, que habían sido tan terribles para el hombre, estaban ahora muertos. Por un momento creí que la destrucción de Senaquerib se había repetido, que Dios se había arrepentido, que el Ángel de la Muerte los había matado durante la noche.

Me quedé mirando hacia el interior del pozo y mi corazón latió jubilosamente. En ese momento me iluminó con sus rayos el sol naciente. El pozo estaba todavía en la penumbra; las tremendas máquinas, tan maravillosas en su poder y complejidad, tan extraterrestres en su forma, se mostraban fantásticas, vagas y extrañas entre las sombras.

Oí que una multitud de perros reñía entre los cadáveres que yacían en el pozo. Del otro lado del reducto yacía la gran máquina de volar con la que habían estado experimentando en nuestra atmósfera, más densa, cuando les sorprendió la corrupción y la muerte.

Al oír graznidos en lo alto miré hacia la enorme máquina guerrera, que no volvería a luchar más, y vi los restos de carne roja que pendían de los asientos, volcados en su capuchón.

Me volví para mirar cuesta abajo hacia donde se hallaban los otros dos marcianos, rodeados por los pájaros negros. Uno de ellos había muerto mientras llamaba a sus compañeros; quizá fue el último en fenecer y su voz continuó resonando hasta que se agotó la fuerza motriz de su máquina. Ahora relucían ambos como inofensivos trípodes de brillante metal a la luz clara del sol que nacía…

Alrededor del pozo, y salvada como por milagro de una destrucción total, se extendía la madre de las ciudades. Los que han visto Londres sólo velado por sus sombríos mantos de humo no pueden imaginar la desnuda claridad y la belleza del silencioso dédalo de casas.

Hacia el este, sobre las ruinas ennegrecidas de Albert Terrace y la aguja quebrada de la iglesia, el sol brillaba deslumbrante en el cielo límpido, y aquí y allá captaba la luz alguna faceta de una claraboya de cristales. Los rayos tocaban ya el depósito de vinos próximo a la estación Chalk Famm, y los vastos terrenos del ferrocarril, marcados antes con los relucientes rieles, que ahora estaban teñidos de herrumbre debido al desuso.

Hacia el norte se hallaban Kilburn y Hampstead; hacia el oeste se perdía la visión de la gran ciudad debido a la distancia, y hacia el sur, al otro lado del pozo, vi claramente la extensión verde de Regent Park, el hotel Langham, la cúpula del Albert Hall, el Instituto Imperial y las gigantescas mansiones de Brompton Road. A lo lejos se elevaban las azuladas colinas de Surrey y las torres del Crystal Palace relucían como dos varas de plata. La cúpula de St. Paul's se mostraba oscura contra el resplandor del sol, y por primera vez vi que tenía un enorme agujero en su costado occidental.

Y mientras contemplaba aquella vasta extensión de casas, fábricas e iglesias, silenciosas y abandonadas; mientras pensaba en las esperanzas y esfuerzos, en las vidas que contribuyeron a la construcción de aquel refugio humano y en la terrible amenaza que se cernió sobre todo ello; cuando comprendí que la sombra se había disipado, que los hombres recorrerían sus calles y que esta vasta ciudad muerta volvería una vez más a la vida, experimenté una emoción que estuvo a punto de arrancar lágrimas de mis ojos.

Había pasado la tempestad. Ese mismo día comenzaría la cura. Los sobrevivientes diseminados por el país –sin líderes, sin ley, sin alimentos, como ovejas sin su pastor–, los miles que huyeran por el mar, emprenderían el regreso; la pulsación de la vida, cada vez más fuerte, volvería a latir en las calles desiertas y a verterse por las plazuelas abandonadas.

Fuera cual fuese la destrucción, se había ya detenido la mano destructora. Todas las ruinas, los ennegrecidos esqueletos de los edificios, que parecían mirar con desesperación hacia el verdor de la colina, resonarían ahora con los martillazos de los constructores. Al pensar esto tendí las manos hacia el cielo y di las gracias a Dios. En un año, me dije; en un año...

Y luego, con fuerzas devastadoras, regresó a mí la idea de mi situación, la memoria de mi esposa y de la vida de esperanza y ternura que había concluido para siempre.

9
Los restos

Ahora llega la parte más extraña de mi relato. Aunque, quizá, no sea totalmente extraña. Recuerdo con claridad y muy vívidamente todo lo que hice aquel día hasta el momento en que me encontré parado, llorando y alabando a Dios, sobre la cima de Primrose Hill. No recuerdo nada más...

No sé nada de los tres días que siguieron. Más tarde supe que no fui yo el primero en descubrir la derrota marciana. Hubo otros vagabundos que lo descubrieron la noche anterior. Un hombre – el primero– había ido a St. Martin's-le-Grand, y mientras me encontraba yo en el refugio para cocheros, logró enviar un telegrama a París. La noticia se retransmitió a todo el mundo desde allí. Mil ciudades, capturadas por la más terrible aprensión, de pronto se iluminaron; lo sabían ya en Dublín, en Edimburgo, en Manchester, en Birmingham, cuando me encontraba yo parado al borde del pozo.

Los hombres, llorando de dicha, interrumpían su trabajo para darse la mano y felicitarse. Otros trepaban a los trenes para dirigirse a Londres. Las campanas de las iglesias, que enmudecieron quince días antes, empezaron a tocar a vuelo y resonaron en toda Inglaterra. Hombres en bicicletas, flacos y desaliñados, corrían por todos los caminos comunicando a gritos la noticia. ¡Y los alimentos! Desde el otro lado del canal, del mar del Norte y del Atlántico llegaban ya cargamentos de trigo, pan y carne. Todos los barcos del mundo parecían dirigirse a Londres en aquellos días.

Pero de esto nada recuerdo. Yo vagué demente por las calles. Me encontré, al fin, en la casa de ciertas personas bondadosas, que me encontraron al tercer día andando sin rumbo, gritando y llorando por St. John's Wood. Después me dijeron que iba cantando una canción improvisada sobre "el último hombre en la Tierra". Preocupadas como estaban por sus propios asuntos, esas personas, a quienes tanto debo y cuyas bondades quisiera agradecer, pero ignoro sus nombres, me tomaron a su cargo y me cuidaron. Al parecer, se enteraron de fragmentos de mi historia durante los días en que estuve delirante.

Cuando se recuperó mi mente, suavemente me dieron la noticia del destino corrido por Leatherhead. Dos días después de quedar yo aprisionado en la casa derruida, un marciano destruyó aquella población por completo y exterminó a todos sus habitantes. Según me contaron, la barrió por completo sin la menor provocación, como podría un muchacho, caprichosamente, aplastar un hormiguero.

Era yo un hombre completamente abatido y fueron muy generosos conmigo. Estuve con ellos durante cuatro días después de recuperarme. Todo ese tiempo anhelé profundamente ir a ver lo que quedaba de aquella vida tan feliz de mi pasado. Era un deseo desesperado de contemplar mi propia desdicha.

Ellos hicieron todo lo posible por convencerme de que no lo hiciera. Pero, finalmente, no pude resistir el impulso y, prometiéndoles que volvería, me separé de ellos con lágrimas en los ojos y salí de nuevo a las calles que había visto por última vez oscuras y abandonadas.

Ahora estaban llenas de gente que volvía, en ciertos lugares vi abiertos algunos comercios y descubrí una fuente de beber de nuevo en funcionamiento.

Recuerdo lo hermoso que parecía el día cuando inicié mi melancólica marcha hacia la casita de Woking y las personas que andaban por las calles, ahora llenas de vida.

Había tanta gente en todas partes, que me pareció increíble que una gran parte de la población hubiera sido sacrificada. Luego noté la palidez de todos, la mayoría desaliñada, las miradas fijas y los harapos de muchos. Los rostros se mostraban con dos expresiones: una dicha extraordinaria y una saña resuelta. Excepto por este detalle, Londres parecía una ciudad de vagabundos. En las iglesias distribuían el pan que nos enviaba el Gobierno francés. Los pocos caballos que vi estaban absolutamente delgados. En cada esquina, un agente especial, todos demasiado flacos, con un brazalete blanco sobre la manga. Vi poco de los daños causados por los marcianos hasta que llegué a la calle Wellington, donde descubrí la hierba roja que trepaba por los paramentos del puente de Waterloo.

Y en la esquina del puente vi uno de los contrastes comunes de aquella época grotesca: una hoja de papel que se mecía sobre un matorral de hierba roja. Era un aviso del primer diario que reiniciaba sus actividades, el *Daily Mail*.

Compré un ejemplar con un penique sucio que encontré en mi bolsillo. La mayor parte del diario estaba en blanco, pero el solitario editor que compuso el ejemplar se había divertido distribuyendo espacios recuadrados para avisos en la página final. Lo impreso era pura emoción; las agencias de noticias no estaban todavía en funcionamiento. No me enteré de nada nuevo, salvo que en el transcurso de una semana ya se habían conseguido resultados asombrosos con el examen de los mecanismos marcianos. Entre otras cosas, el artículo aseguraba lo que no creí entonces: que se había descubierto "el secreto del vuelo".

En Waterloo encontré los trenes gratis, que llevaban a la gente a sus hogares. Había pocos viajeros en el tren, pues el primer contingente había pasado ya. Como no estaba de humor para conversar, me metí en un compartimiento y me puse a mirar la devastación que se deslizaba por la ventanilla al paso del tren. Precisamente al salir de la estación se sacudió el convoy al pasar sobre los rieles provisionales, y a ambos lados de las vías, las casas eran ruinas ennegrecidas. Hasta llegar a Clapham Junction, la cara de Londres estaba sucia con los restos del humo negro, a pesar de la lluvia, que había caído durante cuarenta y ocho horas seguidas, y en el empalme estaban reparando las vías, de modo que tuvimos que tomar por un desvío.

En todo el recorrido desde allí en adelante el país se mostraba cambiado y desconocido. Wimbledon había sufrido grandes destrozos. Debido a que sus bosques no estaban quemados, Walton parecía la menos dañada de las poblaciones de la línea. El Wandle, el Mole y todos los otros arroyos eran una masa de hierba roja; pero los bosques de Surrey eran demasiado secos para que la extraña vegetación se hubiera arraigado.

Más allá de Wimbledon, en ciertos terrenos plantados, se veían los montones de tierra desalojada por el sexto cilindro. Gran cantidad de personas rodeaba el pozo, y en su interior trabajaba un número de zapadores. En lo alto flameaba nuestra bandera, mostrando al sol sus alegres colores. Los alrededores estaban cubiertos de la vegetación carmesí y sus reflejos molestaban la vista. Para aliviarme volví los ojos hacia el gris de las cenizas más cercanas y el azul de las colinas que se elevaban más al este.

Antes de llegar a la estación de Woking nos detuvimos porque estaban reparando las vías, de modo que descendí en Byfleet y eché a andar por el camino de Maybury, pasando por el lugar donde el artillero y yo habíamos conversado con los húsares. Después vi el sitio donde se me apareciera el marciano durante la tormenta. Movido por la curiosidad, salí del camino para buscar entre los rojos matorrales el cochecillo destrozado y el esqueleto del caballo. Durante largo rato estuve contemplando estos vestigios...

Después regresé por el bosque de pinos, abriéndome paso por entre la hierba roja, que en algunas partes me llegaba hasta el cuello. Supe que el dueño de la hostería había sido sepultado. Seguí luego y pasé por el College Arms, llegando así a mi aldea. Un hombre, que se hallaba parado a la puerta de un chalet, me saludó al pasar, llamándome por mi nombre.

Miré hacia mi casa con un rayo de esperanza, que se desvaneció de inmediato. La puerta había sido forzada y se abría lentamente al acercarme yo.

Volvió a cerrarse con fuerza. Las cortinas de mi estudio se agitaron, saliendo por la ventana abierta desde la que el artillero y yo viéramos llegar el alba. Nadie la había vuelto a cerrar. Los setos, aplastados, estaban tal como los dejara yo hacía un mes. Entré en el vestíbulo y comprobé que la casa estaba desierta. La alfombra de la escalera se hallaba arrugada y descolorida en el sitio donde me había acurrucado yo al entrar empapado después de la tormenta la noche de la catástrofe. La huella barrosa de nuestros pasos seguía marcada en los escalones.

Subí a mi estudio y vi sobre la mesa la hoja de papel que dejara la tarde en que se abrió el cilindro. Durante un momento me quedé mirando mis abandonadas teorías. Era un ensayo sobre el probable desarrollo de las ideas morales en relación con el adelanto del proceso civilizador, y la última frase era el comienzo de una profecía. Había escrito: "Dentro de doscientos años podemos esperar...".

La frase se cortaba allí. Recordé entonces aquella mañana de un mes atrás en la que me había sido imposible fijar la mente y cómo me había interrumpido para ir a comprar el *Daily Chronicle*. Recordé cómo había avanzado por el jardín al ver llegar al vendedor y lo que me había dicho respecto a los "hombres de Marte".

Bajé y fui al comedor. Vi allí la carne y el pan, completamente corrompidos, y una botella de cerveza caída, tal como la habíamos dejado el artillero y yo. Mi casa estaba desierta. Comprendí lo inútil de la esperanza que había albergado tanto tiempo, cuando ocurrió algo absolutamente extraño.

–Es inútil –dijo una voz–. La casa está desierta. No ha habido aquí nadie desde hace mucho. No te quedes aquí para sufrir. Sólo tú te salvaste.

Me sobresalté. ¿Es que había expresado en voz alta mis pensamientos? Me di vuelta, viendo que la puerta vidriera estaba abierta. Me acerqué a ella y miré hacia fuera.

Y allí, asombrados y temerosos, tal como me sentía yo, se encontraban mi primo y mi esposa. Ella dio un grito ahogado.

–Vine –dijo–. Yo sabía... Yo sabía...

Se llevó una mano a la garganta y estuvo a punto de perder el equilibrio. Entonces salté para estar a su lado y poder, finalmente, abrazarla.

Epílogo

Ahora, que estoy concluyendo mi relato, no puedo menos que lamentar lo poco que puedo agregar a los muchos puntos que quedan todavía sin aclarar. En un sentido es seguro que se me criticará. Mi especialidad es la filosofía especulativa. Mis conocimientos de la fisiología comparada se limitan a la lectura de uno o dos libros; pero me parece que las sugestiones de Carver con respecto a la razón de la rápida muerte de los marcianos es tan probable como para ser considerada como una conclusión demostrada. Así lo he dado por supuesto en mi narración.

Sea como fuere, en todos los cadáveres de los marcianos que se examinaron después de la guerra no se encontró ninguna bacteria que no perteneciera a las especies terrestres conocidas. El hecho de que no enterraran a sus muertos y las matanzas que perpetraron indican también que ignoraban por completo la existencia del proceso putrefactivo. No obstante, aunque esto parece muy probable, no se ha llegado a demostrar concluyentemente.

Tampoco se conoce la composición del humo negro, que emplearon los marcianos con efectos tan fatales, y el generador del rayo calórico sigue siendo un enigma. Los terribles desastres de los laboratorios de Ealing y South Kesington han quitado a los expertos el deseo de seguir investigando el aparato. Los análisis del espectro del polvo negro indican, sin lugar a dudas, la presencia de un grupo de tres líneas brillantes en el verde, y es posible que se combine con el argón para formar una sustancia que obra con efecto inmediato y fatal sobre algunos de los constituyentes de la sangre. Pero tales especulaciones vagas interesarán muy poco al lector general, para quien he escrito esta historia. En el momento oportuno no se analizó la escoria de color pardo que flotó por el Támesis, después de la destrucción de Shepperton, y ahora ya ha desaparecido por completo.

Ya he incluido el resultado del examen anatómico que se efectuó con los restos de los marcianos que dejaron intactos los perros. Pero todos conocen el magnífico ejemplar, casi completo, que se conserva en alcohol en el Museo de Historia Natural, así como también los incontables dibujos que se hicieron del mismo, y aparte de eso, el interés sobre su fisiología y estructura es puramente científico.

Una cuestión de más grave interés universal es la posibilidad de otro ataque por parte de los marcianos. No creo que se haya prestado la suficiente atención a ese aspecto del asunto. Por ahora, el planeta Marte se halla en su punto más alejado de la Tierra; pero cada vez que se acerque temeré que se renueve su aventura. Sea como fuere, deberíamos prepararnos. Me parece que sería posible ubicar la situación del cañón que efectúa los disparos, mantener una vigilancia constante sobre esa parte del planeta y prever la llegada del próximo ataque.

En tal caso podría destruirse el cilindro con dinamita o a cañonazos antes que se enfriara lo suficiente como para que salieran sus ocupantes o matar a éstos a balazos tan pronto se abriera la tapa del proyectil.

Es mi opinión que han perdido una gran ventaja al fracasar en su primer ataque por sorpresa. Posiblemente lo vean ellos de igual manera.

Lessing ha expresado excelentes razones para suponer que los marcianos han logrado llegar hasta el planeta Venus. Hace ya siete meses que Venus y Marte estaban alineados con el sol, es decir, que Marte se hallaba en oposición, desde el punto de vista de un observador, de Venus. Después apareció una marca sinuosa y de gran luminosidad en la parte oscura del planeta interior, y casi al mismo tiempo se descubrió una marca oscura, similarmente sinuosa, en una fotografía del disco marciano. Sólo es necesario ver los dibujos que las representan para comprender perfectamente su extraordinaria semejanza.

Sea como fuere, esperemos o no una invasión, estos acontecimientos han de cambiar nuestros puntos de vista con respecto al porvenir de los humanos. Ahora sabemos que no podemos considerar a este planeta como completamente seguro para el hombre; jamás podremos prever el mal o el bien invisibles que pueden llegarnos súbitamente desde el espacio. Es posible que la invasión de los marcianos resulte, al fin, beneficiosa para nosotros; por lo menos, nos ha robado aquella serena confianza en el futuro, que es la más segura fuente de decadencia. Los regalos que ha hecho a la ciencia humana son extraordinarios, y otro de sus dones fue una nueva concepción del bien común.

Puede ser que a través de la inmensidad del espacio los marcianos hayan observado el destino corrido por sus primeros colonizadores y hayan aprendido la lección. También es posible que en el planeta Venus encontraran un terreno más acogedor para ellos. Fuera lo que fuese, durante muchos años seguiremos observando con ansiedad el disco marciano, y esos dardos del cielo que llamamos estrellas fugaces provocarán siempre un estremecimiento a todos los habitantes de este planeta.

No sería una exageración afirmar que los puntos de vista de los hombres se han ampliado considerablemente. Antes de que cayera el cilindro existía la creencia general de que en toda la inmensidad del espacio no había otra vida que la de nuestra diminuta esfera. Ahora vemos las cosas con más claridad. Si los marcianos pueden llegar a Venus, no hay razón para suponer que la hazaña sea imposible para el hombre, y cuando el lento enfriamiento del sol torne inhabitable esta Tierra, como ha de suceder, sin duda alguna, es posible que el hilo de vida que nació aquí pueda extenderse y apresar dentro de sus lazos a nuestros hermanos del sistema solar. ¿Llegaremos a efectuar la conquista?

Vaga y maravillosa es la visión que he conjurado en mi mente sobre la vida que se extienda desde esta sementera del sistema planetario para llegar a todos los rincones del infinito espacio sideral. Pero es un sueño muy remoto. Podría ser, por otra parte, que la destrucción de los marcianos sea sólo un intervalo de respiro. Quizá el futuro les pertenezca a ellos y no a nosotros.

Debo confesar que el peligro y las penurias sufridas han dejado en mi mente la duda y el temor a la inseguridad. Sentado en mi estudio, escribiendo a la luz de la lámpara, veo de pronto que el valle de abajo está envuelto en llamas y siento como si la casa a mi alrededor estuviera desierta. Salgo a Byfleet Road, por donde pasan los vehículos de los visitantes, un carnicero con su carro, un obrero en su bicicleta, niños que van a la escuela, y súbitamente se tornan todos vagos e irreales ante mis ojos, y de nuevo corro con el artillero por el campo envuelto en el silencio.

Por la noche veo el polvo negruzco oscureciendo las calles silenciosas, y cubriendo, como una negra mortaja, el enorme conjunto de cadáveres; se levantan ante mí hechos harapos y mordidos por los perros. Conversan con voces fantasmales y se vuelven feos, pálidos, desagradables, llegando, finalmente, a ser fantásticas parodias de seres humanos. Entonces despierto, frío y asustado, en la oscuridad de mi cuarto.

Voy a Londres, veo las multitudes que llenan la calle Fleet y el Strand, y se me ocurre que son fantasmas del pasado que deambulan por las arterias que yo he visto silenciosas y abandonadas; espectros en una ciudad muerta, autómatas imitando la vida en un cuerpo galvanizado.

Y también me resulta extraño pararme en Primrose Hill, como lo hice el día antes de escribir este último capítulo, y ver el gran conjunto de edificios apenas dibujados tras el humo y la niebla, descubrir a la gente que camina de un lado a otro entre los macizos de flores de la cuesta, contemplar a los curiosos que rodean la máquina marciana que todavía se encuentra allí, oír las voces de los niños jugando y recordar aquella vez que lo vi todo detallado y con claridad, desnudo y calmo, al salir el sol de aquel último día de gloria.

Lo más extraño es tener de nuevo la mano de mi esposa entre mis manos y pensar que la creía muerta, así como ella me pensaba a mí también entre las víctimas.

FIN

Índice